Waffelstillstand

... Weihnachten ist (keine) Chefsache!

Ebenfalls von Doris Manroth veröffentlicht:

Engel tragen Gummistiefel
… Profil hat Maxie Engel nicht nur
unter ihren Lieblingsschuhen

ISBN 978-3-7407-6869-0

Über die Autorin:
Doris Manroth, geboren 1969, lebt auf dem Land in der Nähe von Köln. Ihr erster Roman *Engel tragen Gummistiefel* erschien 2020. Nun geht die Geschichte um Familie Engel in die zweite Runde; diesmal mit eindeutig weihnachtlicher Note.

DORIS MANROTH

Waffelstillstand

… Weihnachten ist (keine) Chefsache!

Roman

Bibliografische Information der Deutschen Nationalbibliothek:
Deutsche Nationalbibliothek verzeichnet diese Publikation in der
Deutschen Nationalbibliografie; detaillierte bibliografische Daten sind
im Internet über dnb.d-nb.de abrufbar.

TWENTYSIX
Eine Marke der Books on Demand GmbH

© Doris Manroth 2022
Umschlagdesign, Satz, Herstellung und Verlag:
BoD – Books on Demand, Norderstedt
ISBN: 978-3-7407-1659-2

Für meine Mutter,
Christel Wagner,
die diese Weihnachtsgeschichte
geliebt hätte
♥

Prolog

Maxie fuhr benommen aus dem Schlaf hoch. Die ruckartige Bewegung ließ ihre Halswirbel ganz leise knacken. Schulter und Knie fühlten sich steif und kalt an, ein bisschen wie eingegipst.

Sie stöhnte leise bei der Feststellung, dass sie um halb zwei mitten in der Nacht an ihrem Schreibtisch aufgewacht war. Jetzt war sie wohl völlig durchgedreht!

Ein gelber Zettel mit der Aufschrift *erledigt* an ihrer Stirn beschrieb sowohl ihren eigenen Zustand als auch den Stapel Rechnungen, den sie bis spätabends noch bearbeitet hatte und der nun halb vom Tisch geglitten war. Eine feine Haarsträhne klemmte zwischen ihren trockenen Lippen.

Unwillig entfernte sie Zettel und Strähne und wiederholte, während sie die Rechnungen vom Boden auflas, nicht nur einmal das Wort, das sie ihrem Sohn regelmäßig verbot.

Das Display ihres Handys zeigte eine Nachricht von Luis, in der ihr Sohn ihr mitteilte, dass die Deutscharbeit zur Unterschrift in der Küche lag. Ob's diesmal wenigstens eine Vier war?

Außerdem hatte Matthias angerufen und dann vor ungefähr einer Stunde – als ihre Antwort ausblieb – noch

7

ein *Vermisse dich* geschickt. So süß! Schade, dass sie seinen Anruf verpasst hatte!

Aus leicht verklebten Augen sah Maxie an sich herunter. Die weiße Bluse war total zerknittert. Von wegen bügelfrei!

Zwei unakzeptabel rüde Worte später schluffte sie quer durch die Hotellobby, zog ihre Handtasche hinter sich her, stieß die gegenüberliegende Tür des Chefbüros auf, kickte ihre Schuhe von den Füßen und sank mit einem tiefen Seufzer auf den rauen karierten Stoff des Sofas. Dort streckte sie die Hand nach einem Schaffell aus und zog es über ihre kalten Knie.

Himmel! In ein paar Tagen war schon Nikolaus, bald Weihnachten! Die Zeit verflog so unglaublich schnell! Kaum eine Nacht in den letzten zwei Wochen, in der sie mehr als fünf oder sechs Stunden geschlafen hatte. Ungeniert gähnte sie und hielt sich die Hand vor den Mund, obwohl sich keine Menschenseele in der Nähe befand, die ihre Manieren hätte rügen können.

In vier Stunden war schon wieder Aufstehen angesagt! Aber bevor sie zum Umziehen und Duschen nach Hause ging, nochmal kurz die Augen schließen. Nur ganz, ganz kurz …

In einem letzten klaren Gedanken beschloss sie, morgen früh Olli anzurufen, um endlich und final die weiße Flagge zu hissen.

Dann war sie praktisch schon wieder eingeschlafen.

1. Dezember

Nur eine einzige Mistel!« Helen zog ihre Cousine zurück zu dem kleinen Stand auf dem Kirchplatz. Bibbernd vor Kälte wies sie auf einen Zweig mit den Ausmaßen einer der Reisetaschen, die sie eben erst in der gemeinsamen Wohnung abgestellt hatte.

»Keine Zeit, wir wollen doch zu Paul!«

»Och, jetzt komm schon, Ida, stell dich doch nicht so an! Nur eine ganz, ganz kleine… sieh mal hier!« Ein Windstoß ließ Helens lange blonden Haare auffliegen, woraufhin sich einige Strähnen in dem kleinen Zweig verfingen. Es kostete einige Mühe, Helen und den Zweig wieder zu trennen, wobei die milchig weißen Beeren abfielen und über den Boden kullerten.

Ida tippte sich an die Stirn. »Ich glaube wirklich, du bist ein bisschen fanatisch, was Weihachten angeht.«

»Komm du doch mal nach einem Jahr Dubai zurück und geh dann mal über einen Weihnachtsmarkt, ohne fanatisch zu werden«, nuschelte Helen und durchwühlte eine Kiste mit weiß gesprühten Tannenzapfen.

»Lass uns lieber morgen früh zurückkommen. Dann sehen wir uns in Ruhe an, was wir mitnehmen können.« Ida drehte ein Pappschildchen um, das mit einer Kordel an einem der Mistelzweige befestigt war, und schnappte nach Luft. »Die sind außerdem viel zu teuer! Mein Vater kann dir so einen kostenlos aus dem Wald mitbringen!«

»Deine Eltern wohnen achtzig Kilometer von Köln entfernt! Der Advent ist halb vorbei, bevor wir auf diese Weise an eine kostenlose Mistel kommen.«

Das sah Ida ein. Sie nickte kompromissbereit. »Okay, weil du dich so auf Weihnachten freust: wir kommen morgen früh zurück, suchen uns ein bisschen Weihnachtsdeko, und ich verspreche, wir trinken auch eine heiße Schokolade. Alles, was du willst! Aber jetzt, und ich meine JETZT«, sie zog ruckartig an Helens Hand, was ein hartes Stück Arbeit war, denn Ida war mehr als einen Kopf kleiner als ihre Cousine. »Jetzt gehen wir! Du hast gesagt, du hast Hunger. Hast du doch, oder?«

Helen zog ein Gesicht. Es stimmte natürlich. Wie zur Bestätigung knurrte ihr Magen. Der Imbiss im Flugzeug war tatsächlich schon Stunden her!

Andererseits hätte sie so gern einen dieser Zweige mitgenommen! Wieso musste dieses Küken sie bloß so rumkommandieren? Ida war schließlich satte sechs Jahre jünger!

Helen schob den Rollkragen ihres Pullis bis weit unters Kinn, zog den Reißverschluss ihrer dünnen Daunenjacke noch ein paar Zentimeter höher und ergab sich in ihr Schicksal. Sie hatte ohnehin keine Wahl: Gegen Idas Willen kam einfach niemand an!

Frierend und bei der Aussicht auf einen angenehm warmen Raum nicht mehr ganz so widerwillig, ließ sie sich um die nächste Häuserecke ziehen, wo ihr Lieblingsbrauhaus ein bisschen windschief und renovierungsbedürftig auf sie wartete. Ein ganzes Jahr war sie nicht mehr in ihrer Heimatstadt Köln gewesen! Zwölf Monate!

»Ich kann dich einfach viel zu gut leiden, um dir böse zu sein«, stellte Helen fest.

»Ich kann dich auch gut leiden«, untertrieb Ida, denn Helen war schon immer ihre Lieblingscousine gewesen – und ihr großes Vorbild. »Deswegen teilen wir ja auch ein Apartment!«

»Na, so war es ja wohl auch abgesprochen! Hey, Moment mal …« Helen blieb stehen und pustete sich ihre mehr oder weniger warme Atemluft in die Hände. Das war doch…

Der teure schwarze Rahmen und die Tatsache, dass das penibel gepflegte Fahrrad an der Hauswand des Brauhauses schlicht und ergreifend viel zu sauber für ein Stadtrad war, verrieten ihr, dass ihr Onkel Jacques überhaupt nicht weit sein konnte!

Auf der anderen Straßenseite entdeckte sie nun außerdem einen bekannten Fiat 500 und den Volvo ihrer Eltern.

Mit einem Mal schlug ihr Herz doppelt so schnell vor Aufregung und Erwartung, und ihr wurde warm vor Freude und letztendlich auch wegen der Heizungsluft, die herausdampfte, als Ida die Brauhaustür öffnete und sie in den Gastraum hineinschob.

»ÜBERRASCHUNG!!!«, schwappte es Helen so laut entgegen, dass sie sich vor Schreck die Ohren für einen Moment zuhielt. Dann brach sie in Lachen und fast in Freudentränen aus: Lokal, Empore und Thekenbereich waren voller vertrauter Gesichter. Ihre Familie! Ihre Freunde! Ihr ehemaliges Handballteam! Paul, der wohl jüngste Brauhauswirt der Stadt, grinste ihr von der Theke entgegen. Er liebte es, wenn sein Laden so voll war, dass man sich kaum bewegen konnte; genau dafür hatte er seinen Job an der Börse an den Nagel gehängt!

Vollkommen überwältigt ließ sich Helen in die Arme nehmen, auf die Schulter klopfen und küssen. Hinter ihr lachte Ida zufrieden; somit war wohl auch klar, wer Drahtzieher dieser Willkommensparty war … Oh! Sie hätte es sich denken können!

»Herzlich willkommen zurück in Köln! Applaus für die einmalige, unübertroffene, fabelhafte und liebenswerte Helen de Vriiiiies! YAYYYY!« Idas Stimme überschlug sich fast. Wie immer wusste sie ihre Energie kaum zu bändigen und hüpfte wie ein Flummi zwischen den anderen Gästen herum.

Da zog jemand fest an Helens Pferdeschwanz; sie wirbelte herum.

»Mein Gott, was bist du fett geworden!«

Es war klar, dass Pelle, den sie seit Ewigkeiten kannte, es ironisch gemeint hatte. Sie hatte ganz bestimmt kein einziges Gramm zu viel!

»Willkommen zurück, du Heldin!«

Noch bevor sie sich aus seiner Umarmung befreien konnte, stürmten drei strohblonde sportliche Mädchen auf sie zu und überfielen ihre älteste Schwester, als seien sie nicht zwölf Monate, sondern zwölf Jahre getrennt gewesen.

Helen wurde weitergereicht wie ein Baguette, bis Stijn de Vries schon bald darauf die jüngeren Exemplare seiner Brut zur Seite schob.

»Godverdomme!«, brach es aus ihm heraus; Helen versank in seinen Armen. Den Rest seiner Worte konnte nur seine Tochter verstehen, und am Ende mussten beide die Tränen wegwischen.

»Nie wieder geht eine meiner Töchter so weit weg, hat er gesagt«, hörte Helen ihre Mutter sagen, die lächelnd hinter ihrem Mann stand und es nicht erwarten konnte, bis sie an der Reihe war. »Unsere Familie besteht wirklich aus Waschlappen.« Ihre eigenen Freudentränen zwinkerte sie tapfer weg.

»Ich dachte, ihr seid in Urlaub!«, rief Helen.

»Waren wir auch, wir kommen praktisch direkt vom Stau auf der Autobahn«, erklärte ihre Mutter. »Wir hätten dich so gern schon am Flughafen überrascht, Schatz!«

Helen de Vries war so etwas wie ein aufgehender Stern am internationalen Konditorenhimmel, wie es die Fachpresse bezeichnete. Mit ihrem außergewöhnlichen Talent und ihrem sagenhaften Croquembouche hatte sie nun sogar das niederländische Königshaus auf ihrer Referenzliste und fand das »total normal«!

Nach kurzen Boxenstopps in Amsterdam, dann Straßburg und anschließend dem schönen Verona war das Luxushotel in den Emiraten der anspruchsvollste Einsatz gewesen.

Nun war sie seit gut drei Stunden zurück in Köln und regelrecht überwältigt davon, wie viele ihrer Freunde gekommen waren, nur um sie zu begrüßen.

Erst nach einer geschlagenen Stunde landete die heldenhafte Rückkehrerin am Tisch in einer etwas ruhige-

13

ren Nische, in der sich ihre Familie niedergelassen hatte. Sie räumte im Vorbeigehen einen rustikalen Tannenkranz von der Wand, ohne es zu bemerken, plumpste auf einen Stuhl und schob ihr Sektglas so schwungvoll auf den Tisch, dass es überschwappte.

»Ich hatte doch tatsächlich vergessen, wie hungrig ich bin!« Hingebungsvoll widmete sie sich dem Rest eines Spießbratenbrötchens.

Ihr Onkel Jacques bückte sich, las den Kranz auf und hängte ihn zurück an den Nagel an der rauen Steinwand. »Was ist denn nun dein Plan, wo du wieder in Köln gelandet bist?« Er nahm Platz und drehte den Stiel seines Weinglases zwischen zwei Fingern. »Große Auszeit mit fünfundzwanzig?«

Helen kaute fertig und schluckte. »Wie kommst du denn auf so was?«

»Na ja, bei all den Auszeichnungen wirst du ja sicher nicht von der Sozialhilfe leben müssen.«

»Ich muss genauso arbeiten wie ihr alle, für einen Geldspeicher reicht es noch nicht ganz.«

»Ach, schade!«, warf ihre Mutter lächelnd ein.

»Aber da Ida im Herbst ihre Konditorenausbildung abgeschlossen hat …«, führte Helen weiter aus.

»Und das nicht schlecht –«, fiel ihr Ida ins Wort.

»… haben wir uns gemeinsam im Frederik's beworben.«

»Drei Sterne! Hörst du? Draaaaiiiihhh«, hauchte Ida.

»Die suchen eine Chefpatissière und eine Jungkonditorin. Mit anderen Worten: uns!«

Die beiden grinsten ihren Onkel an wie Honigkuchenpferde.

»Und ihr meint, ihr seid jetzt die Einzigen, die sich dort beworben haben?« Jacques reichte ihr sein schneeweißes Stofftaschentuch. Sie nahm es dankbar an, wischte sich damit die Mundwinkel ab, fand ihn jedoch wegen seiner Zweifel ein bisschen zu realistisch für diesen wundervollen Abend.

»Nö, natürlich sind wir nicht die Einzigen!«, gab sie unumwunden zu. Sie schob ihr klebriges Sektglas so dicht an das Weinglas ihres Onkels, dass ein leises *Pling* zu vernehmen war.

»Aber erinnerst du dich, Onkel Jacques? Als ich nach Dubai gegangen bin, hast du mich am Flughafen mit den Worten verabschiedet ›Greif nach den Sternen, Helen!‹. Jetzt will ich drei Michelin-Sterne, und da soll mich doch verdammt noch eins der Teufel holen, wenn ich das nicht hinbekomme! Außerdem haben wir schon einen Termin für ein Probearbeiten.«

»Und sonst dreht sie noch eine Runde um die Welt«, klärte Ida ihren Onkel auf. »Sie hat nämlich so viele Angebote, da träumst du von!«

Jacques fuhr sich mit der Hand durch den sorgfältig gestutzten dunklen Bart.

»Ich träum nur von Olli«, grinste er, was ihm sofort ein *Oooohhh-ist-das-süüüüß* von allen Frauen am Tisch einbrachte.

Es war erst kurz nach elf, als Helen entschied, dass es ihr reichte. Die Zeitverschiebung, auch wenn es nur ein paar Stunden waren, steckte ihr in den Knochen; ihre innere Uhr war nun mal nicht auf lange Nächte eingestellt.

Also küsste sie Lieblingswirt Paul im Überschwang mitten auf den Mund, versprach ihm seinen Lieblingskuchen und nahm die restlichen zehn Gäste mit hinaus, damit er endlich abschließen konnte.

»Gute Willkommensparty?«, frage Ida und gähnte ganz undamenhaft, als sie in ihrer Wohnung im Belgischen Viertel angekommen waren.

»Super. Superer ging gar nicht.«

Helen streckte die Arme weit aus, fing Ida ein und drückte sie wie eine Zitrone, wobei Idas Gähnattacke auf sie übersprang und sie sich fast den Kiefer ausrenkte.

»Was hab ich mich auf zu Hause gefreut! Versteh mich nicht falsch, es war schon toll, die Zeit in den besten Hotels zu arbeiten. Aber immer nur unterwegs ... jetzt reicht's auch mal.« Sie ließ sich aufs Bett fallen und seufzte so tief, dass ihre Unterlippe zitterte. »Das Frederik's muss uns einfach nehmen!«

»Und es ist gleich um die Ecke!«, nickte Ida.

»Und ich brauche nie, nie wieder Heimweh zu haben!«

»Deine Mama hatte doch recht ...«

»Womit?«

Ida kicherte. »Ihr seid ein Haufen Waschlappen!«

2. Dezember

Schlaftrunken kam Helen früh am Morgen aus ihrem Zimmer, die Schlafmaske aus dem Flugzeug hoch ins Haar geschoben, während ihre Cousine bereits Richtung Wohnungstür stolperte. Was hatte sie denn da für einen Pyjama an?! Helen blinzelte. Waren das etwa Häschen?

»Ich will noch keinen Besuch!«, beklagte Helen sich gähnend.

Ida gab ebenfalls einen missmutigen Laut von sich, zog die Türklinke nach unten und die Tür auf. »Ich auch nicht, es ist noch nicht mal hell.«

»Da kann ich aber jetzt auch nix für«, meinte der strubbelige rothaarige Jugendliche, der auf der anderen Seite der Türschwelle stand. An seinem Grinsen konnte man jetzt schon ablesen, was für ein Frauenverführer er in wenigen Jahren sein würde.

Schwungvoll schmiss er Ida seinen Rucksack entgegen. »Wilde Nacht gehabt, Schwester?«

Er trat über die Schwelle und fror augenblicklich in der Bewegung ein, als er Idas neue Mitbewohnerin sah, deren lange makellosen Beine in einer sehr kurzen Pyjamahose endeten und deren weißblondes Haar in langen Wellen bis zur Hüfte fiel.

»Mach den Mund am besten wieder zu«, meinte Helen, »und die Tür auch; es ist saukalt da draußen im Flur!«

Sie fror, seitdem sie in Köln aus dem Flugzeug gestiegen war, wie ein Erdmännchen in Grönland. Natürlich hatte sie keine Winterkleidung mit in die Emirate genommen und sollte heute wohl dringend mal ihre wärmeren Jacken bei ihren Eltern abholen, sowie einige Kisten mit Büchern, Bilderrahmen und anderen Sachen, die man so brauchte, wenn man in eine WG zog. Doch dafür war noch genügend Zeit. Vielleicht nach dem Frühstück …

Sie hatten sich keinen Wecker gestellt, dieser Job war ja nun durch Luis erledigt worden, der die Wohnungstür nicht gerade geräuschlos schloss und Helen von oben bis unten musterte. Diese rückte ihre Schlafmaske zurecht wie ein Krönchen und wusste, dass ihm schon eine Bemerkung auf der Zunge lag.

Lang konnte es nicht mehr dauern; um Worte verlegen würde man ihn nämlich niemals erwischen.

»Die Natur geht sehr gnädig mit deinem alten Körper um, Cousinchen, das muss man ja sagen.«

Na bitte!

Helen verneigte sich zum Dank für dieses freche Kompliment. »Charmant, Luis, wirklich!«

Und auch Idas Freude über den unerwarteten Besuch schien sich in Grenzen zu halten, da ihr sicher gleich eine ganze Lawine von Gründen einfiel, warum ihr Bruder hier – mitten in der Woche und zu dieser Uhrzeit – aufgetaucht sein konnte.

 18

Sie scheuchten ihn zuerst einmal in die winzige Küche und stellten ihm einen Muffin und eine Tasse Kakao vor die Nase.

Erst dann versuchten sie, verwertbare Informationen aus ihm herauszubekommen.

»Und Mami weiß nicht, dass du hier bist?«, vergewisserte sich Ida noch einmal.

Luis verdrehte die Augen. »Ich hab doch gesagt, sie kommt jetzt schon seit mehreren Wochen aus dem Hotel nicht mehr raus«, mampfte er.

»Was ist mit den Zimmermädchen?«

»Beide krank. Macht Mama.«

»Die Rezeption?«

»Schwanger, macht Mama, bis die Neue kommt.«

»Hausmeister?«

»Bein gebrochen.«

»Mein Gott! Das ist katastrophal! Warum hast du mich nicht angerufen?«

»Wie denn, wenn mein Handy konfisziert ist?«

Also hatte er sich mal wieder etwas geleistet. »Festnetz? Old School?«

»Hör mir auf mit Schule!«

Ida gab auf. »Und Carlos, Mamis Chef?«

»Musste plötzlich Urlaub nehmen. Die Küche ist jedenfalls komplett besetzt, und das ist auch gut so, denn ich darf im Moment immer im Hotel essen. Ganz schön lecker!«

Helen hatte schweigend zugehört und legte Ida nun ihre Hand beruhigend auf die Schulter. »Maxie hat ganz sicher schon eine Lösung an der Hand! Du kennst eure Mutter doch! Ich kann mir gar nicht vorstellen, dass es so dramatisch ist.«

Und auch Ida ließ sich nicht so leicht überzeugen. »Mann, Luis, du hast doch nur einen Grund gesucht, um die Schule zu schwänzen!«

Ihr Bruder war ernsthaft empört über diese infame Unterstellung. »Alter! Ich bin bei minus vier Grad mit dem Rad zum Bahnhof gefahren!«

»Nenn mich nicht *Alter!*«

»Dann mach mich nicht so blöd von der Seite an. Mama hat jedenfalls letzte Nacht durchgemacht und ist erst um halb sechs nach Hause gekommen!«

»Wo ist eigentlich Papa?« Doch sofort schlug sich Ida mit der flachen Hand vor die Stirn, als es ihr einfiel. »Ach Mensch, der ist ja noch auf der Tournee mit –«

Luis unterbrach sie. »Ich musste meine Prioritäten festlegen. Mama braucht Hilfe. Papa ist unterwegs, wie du gerade selbst festgestellt hast. Und ihr beiden seid die Einzigen, die mir einfallen, die gerade Zeit haben.« Er wischte einen Krümel aus dem Mundwinkel. »Ihr habt doch Zeit, oder?«

Man konnte ihm plötzlich seine Müdigkeit im Gesicht ablesen. »Helen?«

Diese hatte das Gefühl, Luis musste sich sehr konzentrieren, um nicht auf ihre Beine zu starren. Sie legte sich ein Kissen auf die Knie und nickte. »Klar haben wir Zeit.«

Luis entspannte sich und reagierte fast ein bisschen zu langsam, als seine Schwester nach dem Telefon griff. Mit schokoladenverschmierten Fingern nahm er es ihr

20

im letzten Moment aus der Hand und schob es hinter seinen Rücken.

»Ida, frag sie nicht! Sie wird dir doch nur sagen, sie kommt klar, so wie immer. Nur dieses Mal stimmt es eben nicht!«

Als sich weder seine Schwester noch seine Cousine rührten, warf er verzweifelt die Arme in die Luft und ließ die Handflächen auf die Tischplatte knallen. »Packt einfach eure Sachen und kommt ein paar Tage mit. Mann, ich bin doch nicht in aller Herrgottsfrühe in den Zug gesprungen, um hier rumzuquatschen! Schwingt eure Ärsche und fahrt mit nach Hause.«

Er duckte sich geschickt unter Idas Hand hinweg.

»Nicht diese Ausdrücke!«, fuhr sie ihn an. »Und gib mir mein Handy zurück!«

»Schon gut, chill mal! Olli hab ich übrigens schon angerufen. Er weiß schon, dass in seinem geliebten Hotel das Chaos ausgebrochen ist. Ich mein ja nur, ist ja sein Hotel! Er muss so was doch auch wissen!«

Dann händigte er seiner Schwester das Telefon aus und stopfte er sich den Rest des Muffins auf einmal in den Mund.

»Wieso muss man auch gleichzeitig eine Schreinerei und ein Hotel besitzen, bloß weil man Bock drauf hat?! Das setzt mich total unter Leistungsdruck, so eine fleißige Verwandtschaft zu haben«, log er.

»Die Vorteile deiner erfolgreichen Verwandtschaft haben dich bisher nicht gestört!«, gab Ida trocken zurück.

»Jedenfalls hast du das super gemacht, uns allen Bescheid zu geben. Auf dich kann man sich echt verlassen«, lobte

Helen den Dreizehnjährigen und brachte den angehenden Frauenverführer dazu, bis hinter beide Ohren zu erröten.

Wie vermutet, war Olli Kirschbaum sofort aktiv geworden und hatte Pelle, seinen jüngsten Gesellen aus der Schreinerei, gleich abkommandiert. Er selbst würde später folgen, sobald er die wichtigsten Dinge in seinem Betrieb in Köln geregelt hatte. Der Pick-up der Schreinerei wartete bereits unten an der Straße, als Luis mit seiner Schwester und mit seiner Cousine aus der Haustür trat.

»Da bist du ja schon wieder!«, witzelte Helen. »Gestern noch im Brauhaus, heute schon Taxifahrer!«

Pelle warf die Taschen der drei ins Auto. »Köln ist halt 'n Dorf.«

Nur wenn man ihn sehr gut kannte, konnte man in seinem Mundwinkel ein minimales Grinsen erkennen.

Helen setzte sich auf den Beifahrersitz neben Pelle und sah im Spiegel schon auf halbem Weg über die Severinsbrücke Luis' Kopf langsam auf Idas Schulter sinken.

»Eine starke Leistung für so ein Kerlchen«, meinte sie leise.

»Find ich auch«, meinte Pelle und ließ den Fuß aufs Gas sinken, als sie das Stadtgebiet hinter sich ließen.

Helen wandte sich zu Ida um. »Du kannst wirklich stolz auf deinen Bruder sein.«

Sie hatten Luis trotz seines nicht gerade milden Protests an der Schule abgesetzt, sein Fahrrad am Bahnhof auf die Laderampe des Pick-ups gelegt und waren dann zum Burghotel gefahren, das still – fast märchenhaft – im Morgendunst lag.

Hier auf dem Land war es immer ein paar Grad kälter als in Köln. Das Kopfsteinpflaster im Burghof war noch weiß gereift, doch über dem Dach des zweigeschossigen Ostflügels erhob sich bereits die milchige Wintersonne.

Amseln zwitscherten tapfer der Kälte entgegen. Helens Zähneklappern konnten sie jedoch nicht übertönen.

Pelle sah sich kurz zu ihr um. »Sag mal, hast du keine wärmere Jacke?«

Helen sah ihn genervt an, klapperte aber weiter mit den Zähnen.

Er schüttelte verständnislos den Kopf und wies zum Haupteingang. »Geht doch schon mal rein. Ich sehe, ob ich hier etwas Streusalz finde, bevor sich jemand die Knochen bricht.«

Er wandte sich zielsicher einer niedrigen Tür zu, die zum Refugium des Hausmeisters führte, und schepperte dort mit irgendwelchen Eimern herum.

Helen wollte eigentlich gleich die Küche aufsuchen, doch Ida nahm sie lieber als moralische Unterstützung mit zur Rezeption. Sie zogen sich die Mützen vom Kopf und umrundeten den aus Bruchstein gemauerten breiten Tresen. Hier wechselten sie einen Blick; Ida holte tief Luft. Dann öffnete sie die Bürotür.

Maxie hörte nicht gleich, dass jemand das Zimmer betreten hatte. Wo hatte sie denn noch gleich das Programm der kommenden Hochzeit hingelegt? Darauf hatte sie doch die Telefonnummer des Pianisten notiert! Sie schob sich zum hundertsten Mal eine Locke hinters Ohr und durchsuchte den Stapel Papier auf ihrem viel

23

zu vollen Schreibtisch. Insgeheim schwor sie sich, ihre Unterlagen in Zukunft einzuscannen.

Als sie ein leises Knarzen an der alten Eichentür vernahm, schaute sie über die Schulter.

»Mami, die Kavallerie ist da …«

Maxie legte die Unterlagen zur Seite und kam erfreut herüber.

»Ida, Engelchen, was machst du hier?!« Sie nahm ihre Tochter in die Arme, wobei sich ihre dichten Locken mit dem wunderschön roten Bob ihrer Tochter vermischten und man für eine Sekunde nicht auseinanderhalten konnte, welcher Schopf zu wem gehörte. Schließlich erblickte sie auch Helen, die lächelnd an der Tür wartete. Warum war sie nicht in Saudi-Arabien? Oder war es Oman gewesen?

»Was macht ihr beiden hier? Ich bin total überrascht!« Eine kleine Sorgenfalte bildete sich auf ihrer Stirn. »Ist bei euch alles in Ordnung?!?«

»Na, bei uns schon, Mami, aber wir haben gehört, dass du hier mit fünf Bällen zu viel jonglierst!«

Maxie stutzte. Das konnte doch unmöglich schon nach Köln durchgedrungen sein! Sie winkte beruhigend ab. »Es sind nur drei, keine Sorge!«

Vielleicht waren es in Wirklichkeit vier. Vier kleine Bälle. Oder viereinhalb. Aber das mussten die Mädchen nicht wissen! Sie würde mit Mitte vierzig ja wohl nicht vor einem kleinen Personalnotstand kapitulieren; müde hin oder her!

Maxies Augen verengten sich in plötzlicher Erkenntnis. »Warte mal, wer hat gepetzt?«

»Sag ich nicht.«

»Hat Luis dich etwa angerufen?«

Ida schüttelte verneinend den Kopf, und es war noch nicht mal gelogen.

»Na, ich werde es schon rausbekommen!« Da war sie wieder, diese verrückte Locke vor ihrem rechten Auge. Maxie machte kurzen Prozess, fasste ihr Haar auf dem Hinterkopf zu einem Knoten zusammen und befestigte ihn mit einem Bleistift. Nun, da ihre wilde Haarpracht nicht mehr das Gesicht verdeckte, sahen Helen und Ida deutliche Spuren der Erschöpfung und erschraken ein wenig. Sie wechselten einen Blick, während Maxie zwei Stühle an den Schreibtisch schob.

»Wann hast du denn das letzte Mal geschlafen, Mami?«, fragte Ida besorgt.

Maxie verließ kurz das Büro und kam mit einer Kaffeekanne zurück.

»Meinst du am Stück oder in Etappen?«, fragte sie. »Es ist auf alle Fälle schon eine Weile her.«

Sie ging zum Schrank an der Fensterseite des Büros und kehrte mit zwei Tassen wieder. Dann setzte sie sich endlich auch mal hin.

»Wir hatten eine klitzekleine Grippewelle, die am Ende alles mit sich riss, ein mehrfach gebrochenes Bein, obwohl Konstantin so ein sportlicher Typ ist. Na ja, gegen die ausgetretenen Steinstufen helfen im Winter ja auch keine Muskeln. Ich hätt's kommen sehen müssen. Wenn das die Berufsgenossenschaft rausbekommt! Da muss Olli aber auch dringend mal was machen lassen. Und … «, wieder stand sie auf, um Milch zu holen,

»nicht zuletzt eine werdende Mutter, unsere Rezeptionistin. Nur die Küche hat durchgehalten! Gott sei Dank, denn das bedeutet: es verhungert wenigstens niemand der Gäste.«

Sie setzte sich; und blieb dieses Mal.

Helen und Ida hörten ihr kopfschüttelnd zu.

»Keine Sorge!«, schloss Maxie. »Ich habe Olli heute Morgen angerufen. Als Hotelbesitzer muss er schließlich wissen, was hier los ist, auch wenn ich absolut der Meinung bin, dass er sich damit nicht belasten sollte! Sag mal, Helen, du bist ja viel zu dünn angezogen!«

Sie hörten ihn schon, bevor er überhaupt das Büro betreten hatte. Die Eingangstür schlug zu, er fluchte unflätig vor sich hin, als er gegen einen Stuhl an der Rezeption rempelte; dann stand der Hotelbesitzer höchstselbst im Büro.

»Ich hätte es wissen müssen! Ich hätte es einfach wissen müssen: Eine Maxie Engel fragt ja nicht!«, grollte Olli.

Seine Jacke landete unordentlich auf einem Sessel, eine schmale Laptoptasche gleich daneben. Mit zwei Schritten war er am Schreibtisch, brachte den frischen Duft von gesägtem Holz und auch ein wenig Sägemehl mit, das ähnlich wie Feenstaub auf Maxies Papiere rieselte, die er sogleich ins Visier nahm. Die recht große, breitschultrige und leider ziemlich ungnädige »Fee« fluchte leise weiter.

»Ich werde verrückt, da ist ja fast nix drauf abgehakt!« Er blätterte ungeduldig auf die zweite Seite der Checkliste. »Ist das wirklich so? Sind die Punkte alle noch offen?«

Ida sah entrüstet auf, Helen rückte mit ihrem Stuhl etwas vom Tisch ab, um Platz für ihn zu machen. Olli zeigte sich mal wieder von seiner liebenswertesten Seite: total direkt und ohne jegliches Feingefühl!

Maxie selbst zuckte nicht einmal mit der kleinsten Wimper. Zum einen kannte sie ihren Chef lange genug und wusste seine poltrige Art gut einzuschätzen, zum anderen war sie viel zu erschöpft.

»Guten Morgen, Olli«, begrüßte sie ihn.

»Morgen! Was daran gut sein soll, weiß ich nicht. Ich habe in Köln sprichwörtlich alles stehen und liegen lassen. Wie schlimm ist es hier wirklich?«

Er senkte seinen Blick wieder auf die Liste und wartete die Antwort nicht ab. »Was heißt denn das hier?«

Maxie beugte sich vor und las. »Torte. Wir haben in drei Tagen eine Hochzeit. Kann ich dir einen Kaffee anbieten?«

»Mein Adrenalinspiegel ist bereits hoch genug, herzlichen Dank auch! Sind wir voll belegt? Wonach muss ich als Erstes sehen? Ist das hier die einzige Liste?« Olli wedelte mit der linken Hand. An einigen Harzresten auf seiner Haut war der Zettel kleben geblieben und flatterte hin und her wie ein Fächer.

Er schnaubte ungeduldig. »Herrgott im Himmel, jetzt zieh doch mal jemand an dem Papier!«

Maxie beendete das Drama.

Er fuchtelte vage mit der anderen Hand über die Liste. »Seit wann hast du eigentlich so eine Sauklaue, Maxie?«

»Die Notizen sind nur für mich und ich weiß schließlich ganz genau, was ich damit meine.«

»Nun, jetzt nicht mehr.« Mit dem Fuß angelte er nach einem Hocker und ließ sich darauf nieder, während er das Harz von seinem Finger ribbelte.

»Wir gehen jetzt jeden verdammten Punkt in deiner Kritzelliste durch. Du sagst uns, was am dringendsten zu erledigen ist, und dann, dann will ich dich hier für volle achtundvierzig Stunden nicht mehr sehen! Und wenn du etwas anderes tust, als zu schlafen, dann schwöre ich dir, bist du entlassen, ganz egal, ob du meine Schwägerin bist oder nicht. Hast du mich verstanden?«

Hinter seinem grollenden Tonfall konnte Maxie Besorgnis hören; ob nur um sein Hotel oder auch um sie, konnte sie nicht ausmachen. Sie vermutete, von beidem ein wenig.

»Du kennst dich hier doch gar nicht genug aus!«, gab sie zu bedenken.

»Ich habe, wie du weißt, eine sehr schnelle Auffassungsgabe. Es ist aber auch egal, denn ich muss schließlich nur die Zeit überbrücken, bis du wieder einsatzfähig bist. Dann wirst du mir schön helfen, die Suppe auszulöffeln.«

Maxie sprang wie von der Tarantel gestochen auf und stemmte die Hände in die Hüften. »Es ist ja gar nichts passiert, jetzt mach mal kein Fass auf! Den Rückstand holen wir wieder auf und irgendwann wird ja auch Carlos zurückkommen.«

»Fehlanzeige! Das zieht sich bis ins neue Jahr, ich habe schon auf der Fahrt hierhin mit ihm gesprochen. Seine Frau wird ein zweites Mal operiert. Du musst mich also noch etwas länger ertragen, als dir vielleicht lieb ist.«

»Ich habe doch gar nichts gegen dich! Es ist ja gut, dass du da bist!«

Olli zog die Brauen zusammen. »Dann ist es ja gut.«

»Gut!«, bestätigte auch Maxie und fiel zurück auf ihren Schreibtischstuhl.

Helen war bereits ganz aus ihrem Blickfeld gerückt; wahrscheinlich hatte sie auf ihren Reisen vergessen, wie aufbrausend der gute Onkel Olli sein konnte.

Ida hob den Zeigefinger wie in der Schule. »Und wenn wir dann alle befunden haben, dass es gut ist, dann können wir uns sicher mal ums Wesentliche kümmern! Mami? Onkel Olli?« Sie hielt die Liste hoch wie die Thesen Luthers und warf beiden einen mahnenden Blick zu. »Ihr benehmt euch echt wie Kindergartenkinder!«

In wenigen Minuten sortierten sie alles und teilten die Aufgaben auf, wobei auch Helen einen wesentlichen Anteil der Arbeit aufs Auge gedrückt bekam. Dann verzog sich Olli ins verwaiste Chefbüro, nicht ohne sicherzustellen, dass seine Schwägerin das Hotel auch wirklich verließ.

»Achtundvierzig Stunden!«

»Ja, ist gut, du Despot!« Maxie gab Ida unter Ollis ungeduldigem Blick einen Kuss und ging, wohin er ihr befohlen hatte: ins Bett.

Helen und Ida hingegen suchten mit einem Klemmbrett mit mehreren Zetteln und leicht überfordertem Gesichtsausdruck das Küchenteam auf, das – wie Maxie angekündigt hatte – vollzählig war. Zusammen mit dem Chefkoch überflogen sie die Listen. Danach fasste Helen geschäftsmäßig zusammen:

»Das ist ja mal gar nicht so schlecht! Die Küche läuft perfekt, das Serviceteam ist noch auf den Beinen, die Konditoreiküche ist zwar verwaist, aber darum kümmere ich mich. Ida, du übernimmst die Rezeption und heute noch die Zimmer. Wenn ich das alles richtig verstanden habe, kommt also morgen schon eines der Zimmermädchen zurück, ja? Gut! Und wenn dann übermorgen deine Mutter auch wieder hier ist, Ida, dann brauche ich dich dringend in der Konditorei. Das Wichtigste ist hier wohl die anstehende Hochzeit.«

Erik, der Chefkoch, wandte sich seinem Wildschweinbraten zu. Helen wusste, er war nun, da Maxie nach Hause geschickt worden war, wahrscheinlich der Einzige, der noch den Überblick hatte.

»Morgen reist eine größere Gruppe ab«, meinte er mit einem Blick auf seine Marinade. »Dann wird es kurz ruhig, bevor eine Hochzeitsgesellschaft eintrifft. Der Brautvater soll 'ne richtig große Nummer im Medienbereich sein. Keine Patzer also!«

Er hielt eine dunkle Ölflasche hoch, inspizierte sie mit einem Auge und verteilte großzügig deren Inhalt in einer Glasschüssel. »Um meine Küche braucht ihr euch keine Gedanken zu machen. Kommt ihr klar mit der Konditorei und dem Rest? Das ist nicht gerade wenig.«

»Das wird ja wohl zu schaffen sein!«, meinte Ida, die ihre Mutter auf keinen Fall hängen lassen wollte. »Außerdem sind wir nicht allein. Olli ist gerade angekommen.«

Erik sah erfreut auf. »Olli ist auch hier?«

Ida nickte. »Ja, und wir haben dir deinen Sohn mitgebracht. Es hatte den Anschein, als sei Pelle über die Abwechslung ganz froh.«

Erik schmunzelte. »Dabei hat's ihn als Kind immer in der Burg gegruselt.«

Helen trommelte mit den Fingern auf die Arbeitsplatte. Sie konnte es kaum erwarten, die Backstube aufzusuchen.

»Nun ist er ja groß und stark und wird sich wohl nicht mehr in die Hosen machen. Komm, Ida, lass uns mal kurz nach der Konditorei sehen, bevor du dich mit den anderen Aufgaben auf der Liste beschäftigst.«

»Soll ich dir mal was sagen? Ich hab's immer so gehasst, dass Mami für alles eine Liste schreibt. Straße kehren, Haken. Bad wischen, Haken. Staubwischen, Haken.«

»Ida nerven, Haken!«, alberte Helen auf dem Weg zur Konditorei. »Letztendlich können wir froh sein, dass deine Mutter diesen Tick nie abgelegt hat. Jetzt wissen wir wenigstens ganz genau, was wir zu tun haben.«

Die verwinkelte Konditoreiküche lag blitzblank und verlassen etwas abseits vom übrigen Hotelbetrieb. Helen scannte die Ausstattung und prüfte rasch die Vorräte. Sie war ganz und gar in ruhigem, professionellem Modus. Walnüsse mussten gekauft werden. Sie schrieb es auf die Liste und ging weiter die Vorräte durch: Akazienhonig, Aprikosensirup, Schokocreme. Natron, Backpulver, Vanille – huh, sogar die echte Biovanille! Überhaupt war alles bio! Sie war beeindruckt von der Qualität der Zutaten. Kokosflocken, Erdmandel … Helen tauschte

31

die Reihenfolge von ein paar Gläsern, sodass sie einen besseren Überblick hatte.

»Was ist ...?«

Ida beobachtete sie mit einem Grinsen. »Ach nix! Ich dachte nur gerade, wie ich dich so herumwüten sehe ...«

»Was? Was dachtest du?«

Ida faltete ein paar Küchentücher zusammen. »Jetzt können wir schon mal fürs Frederik's üben. Wo wir hier so schön zusammenarbeiten werden!«

3. Dezember

Olli fegte sich die Frühstückskrümel vom Hemd und sah Jacques dabei zu, wie er konzentriert die Unterlagen für den vor ihm liegenden Schultag sortierte. Die gestern Abend in Stapel vorsortierten Hefte wurden nun vorsichtig in die Ledertasche geschoben, sodass keines ein Eselsohr abbekam, das nicht vorher schon vorhanden war. Ein schmales Lederetui enthielt seit Jahren drei Stifte; einen Füller, einen Bleistift und einen roten Kugelschreiber. Der Platz für die Brotdose war wie immer links in der Tasche, die Wasserflasche stand wie üblich rechts.

Jacques trug den Kaschmirpullover, den er ihm zum Geburtstag geschenkt hatte. Die schmale Jeans war an den Knöcheln gekrempelt, seine Füße steckten in hellbraunen Lederschuhen, passend zum Gürtel. Der schnörkellose Platinring und die teure Uhr rundeten Jacques' dezente Eleganz ab, die bei den Müttern seiner Grundschüler so überaus gut ankam.

Jacques sah auf und lächelte.

»Willst du dich nicht im Hotel einquartieren, solange du dort gebraucht wirst?«, fragte er und erntete ein Kopfschütteln.

Jacques zog die Schultern hoch. »Immerhin hättest du

dann weniger Stress. Ich sehe es nicht so gern, wenn du in der Nacht noch zurück nach Köln fahren musst.«

»Das sind nur ein paar Tage. Ich bin heute so um acht zurück.«

Jacques nickte daraufhin zufrieden. »Es macht dir wohl großen Spaß, dass du dich mal um dein Hotel kümmern kannst, oder? Das ist seit mehr als zehn Jahren ein Selbstläufer; jetzt kannst du endlich mal aktiv mitarbeiten.«

»Ja«, feixte Olli. »Ich habe mir schon die richtigen Leute dafür ausgesucht!«

Das stimmte. Er hatte schon bei Hoteleröffnung vor vielen Jahren die Schlüsselpositionen mit Menschen besetzt, die sein absolutes Vertrauen besaßen. Den Chefkoch, den Hoteldirektor, die Buchhalterin und natürlich Maxie. Das weitere sorgfältig ausgewählte Personal war in den Familienbetrieb hineingewachsen, sodass er sich zu keinem Zeitpunkt hatte Sorgen machen müssen.

»Aber mitspielen ist irgendwie auch schöner als zugucken«, gestand Olli. Er stand auf und küsste Jacques zum Abschied. »Bis heute Abend.«

Als Olli durch das große Holztor der Burg trat, stellte Pelle gerade mitten im Hof einen ansehnlichen Tannenbaum auf. Sie begrüßten sich per Handschlag, wechselten ein paar Worte, dann begab sich der Hotelchef zur Rezeption. Mehrere gedämpfte Frauenstimmen und verhaltenes Kichern drangen herunter aus dem ersten Stock. Fragend sah er seine Nichte an, die die Post sortierte.

»Abreise vom Dezemberclub«, klärte Ida ihn auf.

Olli verstand nicht.

»Na, du weißt schon, der Damenclub, der jeden Dezember den Wellnessaufenthalt bucht. Die kennst du nicht?«

Er schüttelte den Kopf.

»Dann warte ab, gleich sind sie hier unten.« Oben erklang nun lautes Lachen.

Er war zu ungeduldig, um zu warten. Von Neugier getrieben stieg Olli – immer zwei Stufen auf einmal nehmend – die Treppe hinauf und landete in einer Gruppe von etwa zehn Damen.

»Da kommt unser Retter in der Not!«, wurde er begrüßt. »Anneli, du musst die Tasche nicht allein tragen. Ich habe dir doch gesagt, zu jeder Burg gehört auch ein Prinz. Da isser!«

Die Angesprochene betrachtete den Neuankömmling erst einmal von unten nach oben. Sie war mit Abstand die älteste der Truppe. »Du hast dir ja ganz schön Zeit gelassen!«, bemerkte sie mit einem Augenzwinkern. Die Damen bogen sich vor Lachen.

Olli ergriff ihre ausgestreckten Hände, um sie aus dem tiefen Sessel zu ziehen.

Ihre gute Laune war ansteckend. Vage erinnerte er sich nun doch an einige Episoden, die Maxie an den letzten Weihnachtsfeiern über den Dezemberclub erzählt hatte. Ehrlich erfreut sah er in die Runde. »Darf ich die Damen in der Lobby noch auf ein Glas Sekt einladen?«

»Wenn du dir das leisten kannst, Liebelein!«

Eine der Damen stieß Anneli in die Rippen. »Das ist doch der Hotelbesitzer!«

Anneli lachte daraufhin wie ein junges Mädchen und boxte Olli kumpelhaft auf den Oberarm. Trotz der unangebrachten Geste fand Olli den Charme dieser kleinen Person so unwiderstehlich, sodass er ihr auch verzieh, dass sie ihn gleich duzte. »'tschuldigung! Dann bist du der Oliver Kirschbaum?«

»Der bin ich.«

»Ein sehr schönes Hotel hast du hier, ich freue mich jedes Jahr darauf, hierherzukommen!« Sie winkte ihrem Verein. »Dann wollen wir den jungen Mann mal nicht enttäuschen!«

Sie enttäuschten den jungen Mann nicht. Im Gegenteil! Anneli stand – wie Olli erstaunt erfuhr – kurz vor ihrem 84. Geburtstag. Sie war die wohlhabende Witwe eines Kölner Industriemagnaten und lud die anderen Frauen, die alle für sie arbeiteten oder gearbeitet hatten, zu diesem jährlichen Aufenthalt ein. Erstaunlich war die Zusammensetzung des Clubs, der sowohl eine Rechtsanwältin, eine Gärtnerin, zwei Haushälterinnen und eine Reinigungskraft umfasste, wie ihm eine der jüngeren Frauen verriet.

»Wen sie ins Herz geschlossen hat, den mag sie ihr Leben lang. Und lustigerweise passen wir alle total gut zueinander! Die Anneli ist eine ganz, ganz liebe Person!«

Diesen Eindruck hatte auch Olli, als die Frauen in den behaglichen Sofas vor dem Kamin in der Lobby Platz gefunden hatten und mit ihm anstießen. Pelle sorgte währenddessen dafür, dass die Reisetaschen sicher ihren Weg in den kleinen Taxibus fanden, der vor dem Hotel wartete.

»Und warum der Dezember? Im Sommer ist es noch viel schöner bei uns!«, erkundigte sich Olli abschließend, während er Anneli den Rest Sekt ins Glas goss.

Sie schmunzelte und beugte sich zu ihm herüber. »Mein Mann und ich hatten keine Kinder. Das hier …«, sie wies auf die Frauen, »das ist meine Familie, und ein bisschen Weihnachten möchte ich schließlich auch haben.« Sie nippte am Glas. »Als ich jünger war, bin ich über die Feiertage verreist, aber das ist mir nun zu anstrengend geworden. Deswegen schenke ich mir jedes Jahr diese zwei Übernachtungen mit meinen Lieben.«

Eine sehr elegante grauhaarige Frau vom gegenüberliegenden Sessel hatte mitgehört. »Wir haben sie schon so oft eingeladen, Weihnachten bei uns zu verbringen, aber sie lehnt immer ab.«

Anneli lachte wieder herzlich und winkte ab. »Nach dem Wochenende mit euch hier im Hotel brauche ich immer viel Zeit, um mich zu erholen!« Dann legte sie Olli die Hand auf das Knie, eine Geste, die er bei jeder anderen Frau unangebracht empfunden hätte, und wechselte nun vom kölschen Du zum förmlichen Sie, was ihren Worten viel Respekt verlieh.

»Herr Kirschbaum, ich liebe Ihr Hotel! Es ist sehr, sehr gemütlich und strahlt so viel Gastfreundschaft aus. Es ist professionell geführt, aber auch sehr familiär!«

»Nun, das könnte daran liegen, dass wir tatsächlich ein Familienbetrieb sind. Meine Schwägerin ist der gute Geist des Hauses, zurzeit sind auch noch meine beiden Nichten hier. Sowohl meinen Manager als auch meinen Küchenchef kenne ich schon so lange, dass ich ihnen

37

blind vertraue, als wären wir Brüder.« Er schmunzelte. »Aber davon mal abgesehen: Ich betrachte meine Angestellten ausnahmslos als meine Freunde, denn sie stehen alle hinter mir und sind alle«, er klopfte sich auf die Brust, »mit Herz bei der Sache.«

Anneli hörte ihm lächelnd zu und lehnte sich zurück.

»Herr Kirschbaum, Sie sind ein guter Mensch.« Sie leerte ihr Glas. »Und ich erkenne gute Menschen sehr schnell. Obwohl sie selten geworden sind«, gab sie zu.

Es sah kurz aus, als wolle sie noch etwas hinzufügen, doch dann klatschte sie in die Hände und wandte sich an ihre Damen. »Kommt, meine Lieben! Ihr wollt sicher endlich zu euren Familien!«

Wie ein frischer Wirbelwind verließen sie die Burg und ließen Olli, Pelle und Ida zurück, die gedankenverloren wartete, bis Anneli ins Taxi eingestiegen war.

»Wenn ich vierundachtzig bin, will ich auch mal so sein«, seufzte sie und sammelte die leeren Sektgläser ein.

»So reich oder so fit?«, fragte Olli, der sich schon auf dem Weg zu seinem Büro befand.

»So lustig!«, meinte sie.

Sie balancierte das volle Tablett vorsichtig zur Küche. Pelle sah ihr nach, bis ein kleines Knarzen von Ollis Bürotür ihm verriet, dass er selbst ebenfalls beobachtet wurde. Daraufhin schob Pelle die schweren Sessel zurecht und verließ die Lobby.

Dafür kam Ida zurück, bepackt mit einem Korb, der bis an den Rand gefüllt war mit kleinen handgemachten Seifen.

Olli fing sie ab. »Hör mal, Ida. Meinst du, dein Pelle kann ein paar Tage bei deinen Eltern wohnen? Ich glaube, ich brauche ihn hier dringender als in der Schreinerei. Ich kann den Jungen nicht immer hin- und herfahren lassen.«

Aber Ida hatte schon längst darüber nachgedacht. »Alles gut, er bekommt das Gästezimmer. Helen und ich sind auch schon untergebracht. Oma hat ja noch ihre Wohnung bei uns zu Hause, auch wenn sie meistens bei ihrem Tim in England ist. Die Wohnung ist doppelt so groß wie unser eigenes Apartment in Köln. Mach dir also um uns keine Gedanken!«

»Du bist die Tochter deiner Mutter!«, bemerkte Olli beeindruckt.

»Das will ich doch hoffen! Ach, und, Onkel Olli, … es ist nicht mein Pelle.«

»Oh, ich dachte, er hätte … na, egal, ist schon gut.«

Bevor sie sich entfernte, stahl Oliver sich eine der kleinen Lavendelseifen und sog den Duft ein.

»Wer weiß«, meinte er zu sich selbst. »Was nicht ist, kann ja noch werden.«

4. Dezember

Sie gab es ungern zu, aber die von Olli verordnete Zwangspause war dringend nötig gewesen. Na gut, niemand konnte geschlagene achtundvierzig Stunden lang am Stück schlafen. Aber sich nach einem beachtlichen Stapel Bügelwäsche wieder ins Bett kuscheln zu können, das war schon nicht zu verachten. Und genau das hatte sie gemacht.

Nicht nur vom langen Schlaf, sondern auch von einer ausgiebigen Dusche erfrischt und nach vielen Wochen endlich mal geschminkt, stolperte Maxie im Flur über ein Paar dunkelgrüne Gummistiefel kopfüber in die Küche, wo ihr Sohn Luis mit einem Handtuch über der Schulter die Spülmaschine ausräumte.

»Hast du schon wieder was gutzumachen?«, fragte sie vorsichtig.

Er zog eine Augengraue hoch und gab ein eloquentes »Lustig, Mama!« von sich.

Maxie strich ihm durch seine dichten, roten Haare: das Einzige, was ihn optisch als ihren Spross identifizierte. Und wie immer schüttelte er seine Frisur danach wieder in ein unordentliches, vogelnestartiges Etwas und sah sie mit einer Mischung aus Charme und Aufgewecktheit an. Er kam so sehr nach seinem Vater!

In den letzten Wochen hatte sie Luis total vernachlässigt. Mein Gott, er war doch noch ein Teenie und sie überließ ihn ganz sich selbst! Sie hatte in den letzten Wochen selten mit ihm gefrühstückt oder ihn überhaupt mal nach den Hausaufgaben gefragt. Und sie konnte sich beim besten Willen nicht erinnern, warum er sich zu dieser Uhrzeit nicht in der Schule befand.

»Aber, Mama, ich habe dir doch erzählt, dass die anderen beim Skifahren in Winterberg sind.«

»Und was habe ich dazu gesagt?«

Er schloss die Spülmaschine und schmiss das Handtuch unordentlich über die Heizung. »Pech gehabt, Luis, hast du gesagt, Mama.«

Und da dämmerte es ihr wieder. Sie erinnerte sich noch vage an den Anruf des Direktors, der ihr wortreich dargelegt hatte, dass ein Schüler nicht die Klassentafeln von der Wand abzumontieren habe, das grenze ja an Sachbeschädigung!

Maxie hatte ihn reden lassen, nebenbei eine Mail an den Getränkelieferanten getippt, jedoch ihre Ansicht für sich behalten, dass das Lösen von zwölf Schrauben oder so nicht gleichzusetzen sei mit Sachbeschädigung. Er hätte ihren Standpunkt sowieso nicht verstanden.

Sie schlüpfte in ihre Chelseas. »Ich nehme an, die Tafel hängt wieder an ihrem Platz?«

Er sah auf sie herab. »'türlich!«

Wie er so neben ihr stand, stellte sie fest, dass er schon wieder ein paar Zentimeter gewachsen war. Er überragte sie bereits um einen Kopf und würde bald so groß sein wie Matthias. Nur gut, dass sie genug Durchsetzungs-

41

vermögen besaß, um ihre Autorität als Mutter immer wieder zu beweisen.

»Du könntest deinen freien Tag gewinnbringend einsetzen, indem du deiner Schwester und deiner Cousine hilfst. Sie haben jede Menge Arbeit.«

Seine Augen verengten sich. »Was genau wäre der Gewinn für mich?«

»Mein Wohlwollen!« Ihr Schal legte sich ebenso so sanft um ihren Hals, wie sie die Worte gesprochen hatte.

Schulternzuckend stimmte er zu. »Aber nur, wenn ich nicht spülen muss.«

»Dann könntest du aber deine Hände in Unschuld waschen.«

»Habe ich nicht nötig.«

»Na, da bin ich aber ganz anderer Ansicht. Und räum deine Gummistiefel dahin, wo sie hingehören.«

»Mama …«

»Hm? Ich fang nicht an zu diskutieren, falls du das vorhast!«

Luis legte den Kopf zur Seite. »Es sind deine.«

Olli zeigte sich heute von seiner aufgeräumtesten Seite. Sein Lachen sprengte fast sein Gesicht.

»Maxie! So schön, dich zu sehen! Das hat der gute, alte Olli doch genau richtig gemacht, dich in den Dornröschenschlaf zu schicken.«

»Lass mal hören, was hat mir der gute, alte Olli denn alles zu berichten? Und wem gehört überhaupt der fette BMW mit Kölner Kennzeichen da draußen vor dem Tor?«

»Der«, er hob den Zeigefinger, ließ ihn weiter in die Höhe steigen und senkte den Finger dann auf sein eigenes Haupt »gehört mir.«

Oh! Er hatte seien alten VW abgegeben? »Seit wann?«

»Erst seit einer guten Woche! Pelle holt gleich damit Promigäste für die Hochzeit ab. Du siehst, ich habe hier alles super im Griff.«

Dann drückte er ihr jedoch einen riesigen Stapel Briefe in die Hand. »Aber hier sind ein paar Dinge, die du vielleicht doch besser selbst erledigen solltest. Ich glaube, die obersten drei Vorgänge sind ziemlich eilig.«

Er folgte ihr in die Lobby wie ein zu groß gewordenes Kalb und stupste sie so fest an, dass ihr fast der Papierstapel aus der Hand gerutscht wäre.

»Mann, Olli!«, beschwerte sie sich. Er konnte einen echt in den Wahnsinn treiben!

»War keine Absicht«, entschuldigte er sich. »Aber sag mal, findest du auch, dass das hier ein fast zu schöner Arbeitsplatz ist?«

Maxie rieb sich die Stelle, wo sein Finger sich in ihre Rippen gebohrt hatte. In der Tat fand sie, dass sie einen wundervollen Arbeitsplatz hatte. Sie ging gern ins Hotel, und zwar an fast jedem Arbeitstag, und sie wusste genau, dass ihr Schwager sich dessen bewusst war.

Aber Olli wollte nun mal unbedingt ein Lob hören, und eigentlich gab es keinen Grund, es ihm vorzuenthalten, außer natürlich dem blauen Fleck, der sich unzweifelhaft an ihrer Rippe bilden würde.

Seine große Hand fuhr durch ihr Blickfeld. Wie ein Reiseführer wies er auf die ausladende Sitzgruppe vor

43

der Rezeption, deren Leder bereits eine gewisse Patina aufwies, was sie nur umso gemütlicher machte.

»Ich meine diese karierten Kissen und die passenden Wolldecken. Der prasselnde Kamin und diese herrlichen Porträts an der Wand …«

Die Porträts waren in Wirklichkeit Gemälde von nur allzu lebendigen Familienmitgliedern. Ollis eigenes Antlitz schwebte über dem ersten Treppenabsatz.

Maxie seufzte. »Wie du weißt, ist es ein Privileg hier zu arbeiten«, versicherte sie ihm und meinte es auch so. Trotzdem hatte sich angesichts des beachtlichen Papierstapels in ihrer Hand ein ironischer Unterton eingeschlichen.

»Na ja, es könnte vielleicht noch ein bisschen weihnachtlicher sein. Ich denke da an ein paar Süßigkeiten.« Seine Hand fiel schwer auf ihre Schulter. »So wie *diese* zum Beispiel!«

Eine Schieferplatte auf zwei Beinen mit einem großen bunten Hexenhaus kam langsam durch den Flur auf die beiden zu. Maxie tat einen Schritt nach vorn, um den Immobilientransport zu dirigieren.

»Bring es bitte in mein Büro, Luis. Wir stellen es erst nach der Hochzeit auf den Tresen.«

»Und wieso unbedingt in dein Büro?«, protestierte Olli.

»Weil du nicht schon die Hälfte aufessen sollst, du Bär!«, erklärte Maxie, als die Füße unter der Schieferplatte plötzlich ins Stolpern gerieten und das ansehnliche Bauwerk mit einem Ruck von der Schieferplatte rutschte, genau vor Ollis Füßen landete und dort spektakulär in alle Einzelteile zerbrach. Zuckerguss und Lebkuchenkrümel flogen bis zur Sitzgruppe hinüber.

»Fuuuuck!«, war das Einzige, was Luis zu der unfreiwilligen Sprengung des Hexentempels zu sagen hatte. Er klemmte sich die Schieferplatte unter den Arm und kratzte sich ratlos am Kopf. »Und jetzt?«

»Na, jetzt kann ich wenigstens mal probieren.« Olli bückte sich nach einem der größeren Bauteile und schob es sich zwischen die Zähne.

Just in diesem Moment erschien Pelle auf der Bildfläche; zeitgleich traf Helen mit einer Schale Gebäck aus der anderen Richtung im Foyer ein. Olli mit einem Stück Lebkuchenhaus und Luis die leere Schieferplatte haltend zu sehen war eins. Ihre Augen verengten sich, und sie knallte die Gebäckschale auf die Rezeption.

»Hatte ich nicht gesagt, du sollst aufpassen!?!«

»Hab ich doch!«

Maxie nahm ihren Sohn in Schutz: »Er ist über die unebenen Steinplatten gestolpert …«

»Ich habe ihm gesagt, er soll den Servierwagen nehmen, aber nein …!«

»Ich bin doch keine Saftschubse!«, klagte Luis.

Helens ansonsten elfenhaft blasse Gesichtshaut färbte sich schlagartig rot.

Wie alle Anwesenden erkannte auch Pelle den Ernst der Lage. Er schnappte sich rasch die Autoschlüssel aus Ollis Hand und Luis am Kragen und rettete ihn vor dem Zorn einer mehrfach ausgezeichneten und sehr, sehr wütenden jungen Konditormeisterin.

Es stellte sich heraus, dass die prominenten Hochzeitsgäste, die Pelle am Flughafen abholen sollte, seit kurzem kein Paar mehr waren, und so reiste der angesagte Fernsehkoch allein an.

»Lukas von Ackeren.«

»Ich weiß«, lächelte Maxie und checkte ihn ein. Währenddessen sah sie immer wieder auf. Er sah genauso aus wie in der Kochshow!

»Sie bekommen das letzte freie Zimmer. Es ist recht klein, aber die Aussicht ist dafür umso schöner!«, erklärte sie.

»Ich wäre auch mit der Folterkammer zufrieden gewesen, um der Presse zu entkommen! Die Trennung ist leider ein Medienereignis geworden. Darauf hätte ich gern verzichtet. Fangen Sie niemals was mit einer Oscarpreisträgerin an!«

Maxie schüttelte den Kopf. »Mach ich nicht, versprochen! Die Fotografen sind sicher die Hölle.«

Genau in diesem Moment krachte ein Holzscheit und Funken stoben auf. Sie sahen sich beide an und lachten.

»Hölle, ja genau«, meinte er. Er zog die Wollmütze vom Kopf und befreite sein dunkles Haar, das verwegen vom Kopf abstand. »Ich dachte am Schluss wirklich, die Paparazzi bringen mich um.«

»Hier sind Sie jedenfalls in Sicherheit und müssen nicht um Ihr Leben fürchten. Kommen Sie«, sie klimperte mit dem Schlüssel. »Ich bringe Sie um die Ecke!«

»Wie bitte?«, fragte er irritiert.

Erst da erkannte Maxie, was sie gesagt hatte, und grinste. »Ich meine, ich bringe Sie zu Ihrem Zimmer, das ist hier gleich um die Ecke.«

 46

Seine Hand legte sich auf seinen Brustkorb und er atmete übertrieben erleichtert aus. Die Situation war so lustig!

»Na, dann bin ich aber froh!«, antwortete er lächelnd.

»Hier werden Sie ganz bestimmt keine unangenehmen Überraschungen erleben«, meinte Maxie zutiefst überzeugt und wusste nicht, wie sehr sie sich darin irren würde.

Mit der Anreise von Ackerens war die Hochzeitsgesellschaft komplett. Im Gegensatz zu so manch anderer Veranstaltung in den letzten Jahren lief dieses Mal alles wie am Schnürchen. Es gab keine Braut mit Nervenzusammenbruch, keine am letzten Tag vor dem Fest gewünschte Menüänderung, alle Gäste waren wie geplant eingetroffen, alle waren freundlich, zufrieden und wünschten auch nicht, untereinander Zimmer zu tauschen.

Das Catering heute Abend konnte Maxie nun wie immer ihren Kollegen überlassen.

Zeit, heimzugehen.

Also begab sie sich auf ihre übliche Feierabendrunde durch die Burg, die zu dieser Uhrzeit sehr still war, da sich alle Hochzeitsgäste bereits in der Remise zum Drink versammelt hatten.

In der Küche ging es dafür weniger ruhig zu. Erik rief seinem Team wie üblich knappe Befehle zu. Wegen der Anzahl der Hotelgäste allein ließ sich hier zwar niemand aus der Ruhe bringen – das war ja schließlich nicht die erste große Gesellschaft –, jedoch war das Budget erheblich höher, und allen war sehr bewusst, wen sie an diesem Wochenende hier beherbergten.

Maxie wollte gar nicht lange im Weg stehen. »Viel Erfolg heute Abend!«

»Schönen Feierabend, Maxie!«, kam es wie üblich im Chor zurück.

Erik drückte ihr einen appetitlichen Vorspeisenteller in die Hand. »Bevor du gehst, würdest du den bitte noch beim Chef abgeben?«

»Nur, wenn ich mir so ein Lachstörtchen nehmen darf.«

»Eins, und dann raus mit dir!«

Natürlich war Olli höchst entzückt über den Gruß aus der Küche. »Siehst du? Es ist doch immer vorteilhaft, gut mit dem Küchenchef befreundet zu sein!«, grinste er, so breit er konnte, und wickelte das Besteck aus der Serviette.

»Ich hatte heute kein Mittagessen«, fügte er schnell entschuldigend hinzu, bot großzügig an, den Teller mit ihr zu teilen, doch Maxie lehnte lächelnd ab.

Dafür drückte er ihr eine Champagnerflasche in die Hand.

»Dom Pérignon Vintage ... muss ein halbes Vermögen gekostet haben! Unfassbar, was manche Menschen allein für Alkohol ausgeben. Hat mir das Brautpaar persönlich vorbeigebracht! Sehr, sehr knuffig, die beiden!«

Die gedämpften Geräusche aus der Remise begleiteten Maxies Nachhauseweg noch ein Stück. Es war gut, dass sie das Außengebäude vor ein paar Jahren renoviert hatten und bei Gesellschaften – egal in welcher Jahreszeit – nutzen konnten. Sie hatten die Einrichtung bewusst rustikal gehalten, obwohl Toilettenanlagen und eine kleine Küche im hinteren Bereich allen technischen Anforderungen entsprachen. Man konnte durch Tischwäsche, Hussen und Dekoration die Remise entweder richtig edel oder sehr rustikal wirken lassen. Sie kam einfach immer gut an!

Außerdem lockerte ein Ortswechsel von der Burg zur Remise oder andersherum jede Feier auf, und der Weg, der oft mit Feuerkörben geschmückt wurde, war nicht wirklich weit. Irgendwann war auch mal der alte Schafstall dran, der auf der anderen Seite der Burg lag und derzeit lediglich als Abstellraum diente.

Maxie trödelte nicht auf ihrem Nachhauseweg. Es schien, als bestehe die Luft aus kalten Wassertröpfchen und hin und wieder drang ihr der Geruch von Kaminfeuer in die Nase. Die Champagnerflasche in ihrer Hand wurde von Minute zu Minute kälter.

Doch bevor die umliegenden Wohnhäuser die Sicht auf die Burg vollständig verdecken würden, warf sie wie jeden Abend nochmal einen letzten Blick zurück auf den Burgplatz, um den die Fenster der hübschen Fachwerkhäuser in der Dämmerung freundlich leuchteten.

Luis hatte heute Abend nicht im Hotel gegessen. Er befürchtete wohl, dass Helens Zorn noch nicht verflogen war und sicherlich hatte er damit Recht. Ein Hexenhaus von dieser Größe hatte Helen und Ida viel Arbeit gekostet. Trotzdem konnte man Luis nicht für die unebenen Bodenplatten einer alten Burg verantwortlich machen. Er war einfach nur gestolpert! Der arme Kerl!

Nicht nur dass er seit Wochen seine Mutter nicht zu Gesicht bekam (Maxie starb fast vor schlechtem Gewissen!), nun wurde er auch noch um ein gutes Abendessen betrogen! So gut wie Erik kochte sie selbst zwar nicht, aber das Lieblingsessen für ihren Sohn konnte sie sehr wohl hinbekommen! Und danach würde sie mit ihm zusammen fernsehen.

Die Wahl des Films würde sie ihm überlassen und nicht meckern, auch wenn's dann wohl wieder auf einen der Marvel-Superhelden hinauslaufen würde. Spiderman oder Captain America oder wie sie auch immer hießen. Egal, Hauptsache, sie war überhaupt mal wieder anwesend.

Auch wenn Luis manchmal so cool tat, er hatte es trotzdem sehr gern, ein wenig verwöhnt zu werden. Und sie war Glucke genug, ihm diesen Wunsch zu erfüllen.

Außerdem konnte man auf dem großen Sofa ganz hervorragend wegdösen, und jetzt, wo sie den Zweisitzer nicht mit ihrem Mann teilen musste, war das natürlich eine feine Aussicht: ein Sofa für Luis, eins für sie selbst!

Von diesem Gedanken beseelt kam sie nach Hause, durchquerte den dunklen Vorgarten, schwor sich, morgen endlich die Glühbirne in der Außenbeleuchtung auszuwechseln, und zog den Hausschlüssel aus der Manteltasche.

Ein Motorgeräusch näherte sich, Scheinwerfer tasteten die Hauswand entlang und hüllten sie für einen Moment in helles Licht.

50

Sie blinzelte.

Der Wagen blendete ab.

»Oh mein Gott!«, entfuhr es ihr.

Fast hätte sie sogar die teure Flasche fallen gelassen, als sie ihrem Mann Matthias entgegenstürmte, der früher als geplant von der Reise zurück war und sie müde und ein wenig nach Fastfood riechend in seine Arme nahm.

Dass sie das Sofa nun doch teilen musste, war in diesem Moment nicht mehr so wichtig …

5. Dezember

In einem eher halbherzigen Versuch, sich von Matthias' Hand zu befreien, rutschte Maxie unter der Daunendecke zur Bettkante. Leider vergaß sie immer wieder die Reichweite seiner langen Arme, und so schaffte er es, sie langsam zurück an seinen warmen Körper zu ziehen.

Es war ja nicht so, als hätte sie viel Widerstand geleistet, dazu roch er einfach viel zu gut! Sie erlaubte sich ein paar Extraminuten, kuschelte sich noch einmal an ihn, sog den noch schwach vorhandenen Duft seines Duschgels ein und hauchte ihm einen leichten Kuss auf seine Brust, was er richtigerweise als Einladung verstand.

Es war Matthias, der später – nur mit Boxershorts bekleidet – die Bettdecke vom Boden aufhob und die Kissen sortierte.

»Du räumst auf?« Maxie stand im Bad und beobachtete ihn durch die geöffnete Tür bei dieser ungewohnten Tätigkeit.

Er schüttelte den Kopf und sah sich weiterhin suchend um.

»Weißt du, Schatz, mir ist klar geworden, dass ich zu alt bin, um aus dem Koffer zu leben«, ließ er sie wissen, während er die Hand über die Kommode gleiten ließ und unters Bett guckte. »Das war eine tolle Gelegenheit, eine Auszeit nehmen zu können, um mit den Jungs nochmal auf Tournee zu gehen. Aber ich bin doch echt froh, wieder hier zu sein!«

»Fein, fein! Genau das hör ich gern! Falls du übrigens deine Brille suchst, die liegt hier!« Maxie nahm sie von der Fensterbank und setzte sie sich auf.

»Wie immer finde ich bei dir alles, was ich brauche!« Er nahm ihr vorsichtig die Brille von der Nase. Dann trollte er sich wieder, diesmal, um seine Reistasche auszupacken.

Maxie verfolgte lächelnd jede seiner Bewegungen.

»Willst du vielleicht einen Rat von mir annehmen?«, fragte sie schließlich.

»Ich weiß nicht. Ich habe schon bei der Hochzeit deinen Namen angenommen, ich kann doch nicht ständig was von dir annehmen!«

»Oh, Matthias!«, schimpfte sie.

Einen Atemzug später markierte ein nasser Schwamm seine Flugbahn mit dicken Wassertropfen auf dem Fußboden, verfehlte aber leider sein Ziel.

»Wie oft denn noch?«, rief Maxie vom Bad aus.

Lachend und mit unfugverheißendem Blick hob er den Schwamm auf, kam zu ihr herüber, hielt sie mit seinem starken Arm von hinten fest und ließ ein paar Tropfen in ihren Ausschnitt tropfen, sodass sie am ganzen Körper Gänsehaut bekam und quiekte.

Natürlich genoss er es, wie sie sich wand und dabei um Gnade bat. »Ich werde dir das so oft vorhalten, bis wir beide diesen Planeten verlassen müssen«, versprach er.

Dann schmiss er den Schwamm ins Becken. »Und das wird hoffentlich eine sehr, sehr, sehr lange Zeit sein.«

Jedes *sehr* bekräftigte er mit einem Kuss.

»Welchen Rat hat Frau Engel denn für mich?«, fragte er schließlich.

»Zieh dir was an, Schatz. Wir haben Gäste!«

Die Gäste bekamen den Hausherrn nicht in Boxershorts zu sehen. Sie bekamen ihn vielmehr gar nicht zu sehen, denn Ida, Helen und Pelle waren schon in aller Herrgottsfrühe aufgebrochen. Heute, am Tag der Promihochzeit, kam es auf jede Minute an. Maxie gönnte sich ein sehr kurzes privates Frühstück mit ihrem Mann und machte sich dann ebenfalls auf den Weg.

Die Remise war bei ihrer Ankunft bereits aufgeräumt. Sie überließ die Rezeption einer jungen Kollegin, die bei Hochzeiten und Empfängen gerne aushalf, gab ihr einige Anweisungen und suchte gleich danach den großen Festsaal auf.

Dort hing die Floristin praktisch im Kronleuchter an der Decke und befestigte einen wunderschönen Kranz. Unter ihr hielt Pelle eine riesige Leiter fest.

»Ein Wintermärchen!«, rief Maxie entzückt aus. Es unterschied sich sehr vom üblichen Hochzeitschmuck, es war exklusiv, ohne übertrieben luxuriös zu sein.

»Danke, Maxie! Ich dachte, ich mach mal was ganz Neues, vielleicht landet ja ein Bild davon in der Zeitung!« Sie stieg von der Leiter und nahm einen Schluck aus dem Kaffeebecher, den Maxie ihr anbot.

Maxie wandte sich an Pelle. »Hättest du ihr die Kletterei nicht abnehmen können?«

»Nix da!« Lisa streckte den Rücken nach rechts und links. »Hat er tatsächlich angeboten, aber so was mache ich doch lieber selbst. Da kein Tannengrün gewünscht war, habe ich ganz auf Eukalyptus und Schleierkraut gesetzt, ich glaube, das war eine ganz gute Wahl! Was meinst du?«

»Ja, super!« Maxie legte den Kopf in den Nacken und zog die Nase kraus, weil sie sich einbildete, so besser sehen zu können. »Was sind denn das für dicke weiße Kugeln?«

»Das ist Baumwolle. Die Kugeln sehen aus wie Schneebälle, nicht wahr? Und das Schleierkraut wie zarte Schneeflöckchen, die über den Tischen schweben, komm schon, sag, es ist super!«

Pelle, der ihr die Leiter unter den nächsten Leuchter schob, sah nun auch hinauf, die Magie der winterlichen Deko schien ihn jedoch nicht zu berühren. »Wir haben nur noch ein paar Minuten.«

»Ist ja schon gut!« Lisa wandte sich an Maxie. »Herrgott im Himmel, wo habt ihr nur diesen Sklaventreiber her?« Ein Blick über die Schulter gab Pelle zu verstehen, dass mit der nächsten Bemerkung er gemeint war: »Kein Grund, Hektik aufkommen zu lassen, junger Mann!«

Ohne seine Antwort abzuwarten, stellte Lisa Maxie den Kaffeebecher aufs Klemmbrett, stapfte zurück zu Pelle und stieg pflichtschuldigst – aber keineswegs eilig – die Leiter hinauf.

An der breiten Eingangstür vorbei rollte ein Servierwagen, auf dem mit leisem Klimpern Flaschen aneinanderstießen.

55

»Mit ein bisschen Sekt ginge es auch etwas schneller!«, stellte Lisa trocken fest.

»Da muss ich dich leider enttäuschen«, lachte Maxie. »Hier gibt's heute nur Champagner!«

Lisa jauchzte begeistert. »Einen für mich und einen für den jungen Herrn am anderen Ende der Leiter!«, scherzte sie.

»Komm lieber zu mir nach Hause, dann trinken wir in Ruhe ein Glas Wein!« Maxie winkte den Mädchen an der Tür. »Ja, kommt rein, ihr zwei, ihr könnt hier schon eindecken, sobald die Leiter weggeräumt ist!« Die beiden jungen Frauen verschwanden fast unter den Stapeln weißer Tischdecken. Maxie räumte ihnen einen Tisch frei, um die schwere Last abzulegen. »Das klappt ja wieder perfekt! Ich glaube, das wird ein sehr, sehr guter Tag!«

Mit dieser Feststellung verließ Maxie den Saal.

Die vielen Hochzeiten der letzten Jahre sorgten dafür, dass in der Burg jeder ganz genau wusste, was er zu tun hatte. Auf ihrer Liste jagte daher ein Haken den anderen. Pelle fügte sich als Hausmeisterersatz richtig gut ins Team ein und um alles, was mit Küche und Service zu tun hatte, musste man sich ohnehin keine Sorgen machen. Küchenchef Erik bewies nicht nur bei solchen Events, dass er mit seiner Brigade immer wieder Großes zu leisten in der Lage war.

In der Konditorei bemerkte Helen nicht einmal, dass ihre Tante hereingekommen war, so konzentriert arbeitete sie an der Kücheninsel an einem wahren Kunstwerk.

Der hell erleuchtete Raum duftete wie im Schlaraffenland. Maxie, die selbst für ihr Leben gern buk – sofern

 56

ihr die Zeit dazu blieb –, sog den Duft ein und seufzte glücklich.

»Sieh hier, Mami. Diese Petit Fours sind von mir!« Ihre Tochter schob ihr ein winziges Törtchen über den Arbeitstisch. »Da ist die Verzierung ein bisschen verrutscht, probier doch bitte!«

Mit spitzen Fingern nahm Maxie das Törtchen von der Platte.

»Saugut, Schätzchen!«, bestätigte sie und leckte sich die Fingerspitzen ab. Ida kam in so vieler Hinsicht nach ihr, wie Luis nach seinem Vater schlug. Nur dass Ida alles ein bisschen besser machte als sie selbst. Aber die Natur strebte nun mal nach Perfektion, und Maxies Stolz kannte keine Grenzen.

Ida beobachtete das Mienenspiel ihrer Mutter genau, erkannte, dass ihr Werk gelungen war, und reckte ihr das Gesicht zu in Erwartung eines Kusses. Einer alten Tradition folgend reckte Maxie ihr ebenfalls das Gesicht zu, sodass sich lediglich ihre Wangen leicht berührten.

»Du bist doof, Mami.«

»Ich weiß, darum hast du mich so lieb. Und ihr beiden«, Maxies Zeigefinger wanderte zwischen Helen und ihrer Tochter hin und her, »ihr beiden seid ein Dreamteam!«

Mehr konnte sie im Moment in Sachen Hochzeitsempfang nicht tun. Also widmete Maxie sich einem Kaffee und der Post. Ihre Unterschrift auf einem Formular verrutschte leicht, als sie durch ein leichtes Klopfen abgelenkt wurde, und zwar von ihrem besten Freund und

Schwager Jacques, der in seinem schmal geschnittenen, dunklen Anzug nicht in dieses kleine Dörfchen Meerberg gehörte, sondern – wie man mal wieder neidlos feststellen musste – aufs Cover der Vogue. Und sie vermutete, dass auch er selbst dieser Ansicht war.

»Was denn, ihr seid zur Hochzeit eingeladen?!?«, fragte sie erstaunt.

»In letzter Minute, sozusagen. Olli und der Brautvater, dieser Schumann, haben entdeckt, dass sie sich vom Karneval kennen, Festkomitee. Also habe ich mir etwas Schickes angezogen und bin hergekommen. Dann ist der beknackte Karneval doch für irgendwas gut!«

Heute mehr denn je unterschied er sich grundlegend von seinem zwar ebenso gut aussehenden, aber doch sehr viel lässigeren Bruder Matthias. Maxie pfiff leise durch die Zähne.

»Jacques, du siehst *umwerfend* aus!« Sie betrachtete ihn von Kopf bis Fuß.

»Na ja, ich tu, was ich kann.«

Hinter ihm betrat Olli das Büro. Und auch er hatte sich ganz schön in Schale geschmissen. Die weißen Manschetten seines Hemdes blitzten unter den Ärmeln seines Jacketts hervor.

»Olli! Bis du's?«, scherzte Maxie.

»Es hat mich einen kleinen Kampf gekostet, ihn in diesen Anzug zu stecken«, erklärte Jacques und seufzte. »Hör mal, Maxie, ich wollte eigentlich heute Morgen schon unser Gepäck vorbeibringen, aber Olli meinte, wir könnten die Taschen auch in der Nacht noch bei dir auspacken.«

Was für Taschen?

»Taschen? Bei mir? Wie meinst du das?«

Jacques schien sofort die Ursache für Maxies Unkenntnis zu erkennen. Er zog die Augenbrauen zusammen und funkelte Olli an. »Mann! Hast du's schon wieder vergessen?«

Dieser verdrehte die Augen und rieb sich die schmerzende Stelle, wo ihn Jacques' Ellenbogen getroffen hatte. »Weiß nicht, kann schon sein.«

Ungnädig schnalzte Jacques mit der Zunge.

»Und ich wollte dich noch anrufen! Hätte ich es doch nur getan! Ich fahre nämlich auf keinen Fall in der Nacht noch zurück nach Köln«, ließ er die irritierte Maxie wissen. Na, wenigstens Jacques gab ihr nun die wichtigsten Infos.

»Dieser größenwahnsinnige Medienmogul hat uns beide eingeladen, und ich sterbe lieber, bevor ich mir dieses Promifest entgehen lasse! Tja, und die Couch in Carlos' Büro ist mir zu unluxuriös, jedenfalls zusammen mit diesem gut aussehenden, aber leider gnadenlos vergesslichen Holzklotz hier.«

Olli hatte wenigstens die Güte, betreten dreinzublicken.

»Komm schon, Maxie«, säuselte Jacques besänftigend, als ihre Antwort ausblieb. »Du kannst uns doch die Wohnung deiner Mutter geben, die ist doch sowieso auf Reisen.«

»Da wohnen zurzeit Helen und Ida.«

Sie dachte nach, was Olli entschieden zu lange dauerte. Er verschränkte trotzig die Arme. »Du wirst ja wohl in eurem riesigen Bauernhaus noch Platz für uns finden! Renovierung hin oder her, wir brauchen doch nur eine Schlafgelegenheit!«

»Natürlich bekomm ich das hin, aber darf ich nicht mal eine Minute darüber nachdenken?!«

»Ja, denk ruhig nach, und wenn du fertig damit bist, sag mir, wo du uns einquartiert hast. Jacques, ich denke, wir sollten dann mal …«

Ihm war sicher nicht daran gelegen, pünktlich am Rathaus zu erscheinen, sondern eher blitzschnell ihr Büro zu verlassen, weil er wusste, dass er ihr hätte früher Bescheid geben sollen. So war Olli halt! Zum Glück trug Jacques ihm oft seinen Kopf hinterher.

»Du machst immer voll das Chaos!« Tadelnd schüttelte Maxie den Kopf.

Jacques nickte daraufhin bestätigend und übersah gnädig, dass ihr Hochdeutsch zu wünschen übrigließ.

»Ich gebe euch noch Bescheid, irgendwie. Jetzt genießt diese tolle Hochzeit! Blamiert uns nicht!«

Olli zog sich die Jackenärmel lang und drehte sich auf dem Absatz herum. »Ich sehe mal, was sich machen lässt!«

»Ich warne dich!«, rief Jacques ihm hinterher. »Dann schläfst du heute Nacht doch auf Carlos' unbequemem Sofa, und zwar ganz allein!«

Er drückte Maxie einen schnellen Kuss auf die Wange und folgte ihm.

Die Braut, die auf den schönen Namen Tessa hörte, war groß wie ihr Vater, an dessen Hand sie um die Mittagszeit die Treppe herunterschwebte. Der betont einfache und klare Schnitt des schneeweißen Kleids stand ihr ausgezeichnet. Ein U-Boot-Ausschnitt und ein Rock aus Chiffon, der geschmeidig wie Wasser über die Stufen glitt, strahlten eine zurückhaltende Eleganz aus, die auch in vielen Jahren noch klassisch wirken würde.

Das Hotelpersonal stand wie immer Spalier für die Protagonistin des Tages und als die Braut an Maxie vorbeischritt, enthüllte sie einen ganz entzückenden Rückenausschnitt, der sehr viel mehr Haut zeigte, als man der Robe von vorn angesehen hätte.

Eine hilfreiche Hand verhalf Tessa in eine warme Stola, dann betrat sie den Burghof und stieg in den Rolls-Royce, der sie zum Rathaus bringen würde.

»Was für eine schöne Braut!« Ida stellte sich neben ihre Mutter, und beide sahen der schwarzen Limousine hinterher.

»Du hast recht, Ida. Weißt du, was ich ganz besonders an ihr und ihrem Mann mag? Die beiden sind wahnsinnig reich, und trotzdem können sie *Danke* und *Bitte* sagen.«

»*Danke* und *Bitte* sollte jeder zivilisierte Mensch sagen. Das hast du uns doch immer eingetrichtert!«

»Und, hat es geschadet?«, erkundigte sich Maxie.

»Nee.«

»Na bitte.«

»Danke …« Ida klimperte mit den Augen.

Sie grinsten einander an, und im Gegensatz zu Gesprächen, die sie mit ihrem Sohn führte, bekam Maxie bei Ida wenigstens keine Genickstarre. Sie zog sie liebevoll an sich.

»Geht es dir gut, Engelchen?«

»Alles bestens, Mami.«

Ganz so bestens war es nicht, das hatte Maxie mitbekommen, und es tat ihr von Herzen leid, denn sie mochte Pelle sehr. Bevor Helen aus Dubai zurückgekommen war, hatte er für ein paar Wochen in Idas kleinem Apartment gewohnt. Niemand hatte davon erfahren, außer natürlich Jacques, der überhaupt immer alles wusste. Und der hatte es – indiskret oder nicht – bei einem seiner Telefonate mit Maxie erwähnt.

Aber warum Pelle schließlich ausgezogen war, das entzog sich sogar Jacques' Kenntnis.

Das Brautpaar war nun erst einmal damit beschäftigt, den Bund der Ehe zu schließen, Zeit für Maxie, sich um die elementare Frage zu kümmern, wo sie heute Nacht ihre Freunde einquartieren sollte.

Wie Olli schon erwähnt hatte, wurden in ihrem alten Bauernhaus Renovierungen vorgenommen; Matthias kümmerte sich darum. Er war in fast jedem Gewerk unglaublich geschickt und werkelte am liebsten abends und am Wochenende an irgendeiner Baustelle herum, ließ sich dann nur von der Aussicht auf Sport und Essen ablenken und kam so immer relativ schnell voran. Aber leider war er die letzten Wochen nicht zu Hause gewesen.

Da blieb für Olli und Jacques eigentlich nur der Dachboden. Schon lange als Gästezimmer geplant, sogar mit eigenem kleinem Bad, waren alle nötigen, teuren Umbauarbeiten hier schon erledigt. Sogar gestrichen war schon alles, nur an ein paar Stellen schauten noch Kabel aus den Wänden und ein Bett und eine Kommode standen noch in Kartons verpackt an der Giebelwand.

Da ihren Männern – Matthias und Luis – das Hantieren mit Inbusschlüssel und international verständlichen Zeichnungen lag, brauchte es für Matthias nur ein einziges Argument, um ihn für diesen Job zu begeistern:

»Und du versprichst mir alles?«, vergewisserte er sich.

»ALLES, Matthias! Du hast mein Wort.«

»Das werde ich ausnutzen.«

War ja klar.

Sie legte auf, lehnte sich im Schreibtischstuhl zurück und atmete tief durch. Nun, das wäre also auch geklärt. Die Frage war nur, ob Olli und Jacques in der Nacht das ganze Haus aufwecken würden, wenn sie die enge Holztreppe zum Dachboden hinaufpolterten.

Das Brautpaar traf schließlich mit einer satten Stunde Verspätung, aber dafür mit glücklichen Gesichtern und Ringen an den Fingern zum Empfang ein, der wieder in der Remise stattfand. Und hier präsentierten auch Helen und Ida die Hochzeitstorte.

Erst zum Abendessen würde die Gesellschaft in den Festsaal wechseln, wo teures Porzellan, frisch polierte Gläser und gestärkte Tischdecken unter den winterlich geschmückten Kronleuchtern warteten.

Die Bar in einem der Nebenräume war ebenfalls fertig bestückt; ein von Maxie gebuchter Pianist saß beim Cappuccino in der Lobby.

Früher empfand Maxie immer etwas Lampenfieber, wenn große Gesellschaften anstanden, aber das hatte sich über die Jahre verloren, denn egal was passierte – und es kam immer mal wieder zu ungeplanten Zwischenfällen –, es gab immer eine Lösung.

Ganz anders erging es Helen und Ida, die nun zum ersten Mal eine Hochzeit in der Burg begleiteten und alles furchtbar aufregend fanden.

Nachdem sie ihren Part bei der Hochzeit erledigt hatten – der Empfang war so gut wie vorüber –, preschten sie am späten Nachmittag aufgekratzt in Maxies Büro.

»Das hat ja vielleicht Spaß gemacht!« Helen ließ sich in den Sessel neben der Tür fallen und Ida hockte sich auf die Schreibtischkante. Maxie schaffte es gerade noch, ihre Tasse in Sicherheit zu bringen.

»Ich wusste, dass es euch gefallen würde! Tee für euch zwei?«

»Sind wir im Sanatorium? Ich nehme was Stärkeres«, maulte Helen. »Hast du denn keinen Schnaps?«

Ida schloss sich an, aber da bissen sie bei Maxie auf Granit. »Tut mir leid, der Belegschaft schenke ich keine Shots aus.« Sie griff nach dem Telefon und bestellte drei riesige alkoholfreie Cocktails.

»Auch gut, vor allem das Wort *riesig* gefällt mir.« Helen streifte ihre Schuhe ab und zog die Füße auf den Sessel.

Die Gläser waren in der Tat riesig, machten aber dem Namen Longdrink keine Ehre. Ruckzuck waren sie geleert. Ida war Feuer und Flamme, als sie erzählte.

Maxie liebte es, ihrer Tochter zuzuhören, die förmlich übersprudelte vor Begeisterung, denn genauso hatte sie selbst die ersten Hochzeiten empfunden, die sie hier in der Burg mitorganisiert hatte (und bei denen noch das ein oder andere Missgeschick geschehen war).

Helen spielte derweil mit dem Papierstrohhalm ihres leeren Glases, nickte oft zur Bestätigung dessen, was Ida erzählte und sah ebenfalls äußerst zufrieden aus.

Erst als es im Foyer laut wurde, was bedeutete, dass die Gäste ins Hauptgebäude zurückkamen, erhob sich Maxie, wünschte den beiden einen schönen Feierabend, nicht ohne sich noch einmal überschwänglich zu bedanken.

Ida wollte eigentlich noch gar nicht heim. »Können wir denn nicht noch mehr helfen? Wir müssen nur noch die Tortenplatten zurück zur Konditorei bringen.«

Maxie drückte ihre Tochter zum Abschied. »Nein, nein! Das ist lieb, dass du das anbietest, aber jetzt ist es genug für euch, ihr seid heute Morgen so früh aufgestanden! Geht ruhig nach Hause. Papa freut sich, dass du gerade jetzt in der Weihnachtszeit bei uns bist und nicht in Köln. Und, Helen, ich hoffe, es macht dir nichts aus, mit Ida ein Zimmer zu teilen, wir sind im Moment etwas knapp mit Platz.«

»Spinnst du, Maxie?! Wir haben doch eine ganze Wohnung für uns! Ich hoffe nur, deine Mutter weiß Bescheid.«

»Natürlich, sie kommt erst im Februar mit Tim zusammen aus England zurück. Sie bittet euch nur, nicht in die Schränke zu sehen. Sie sagt, es sei nicht aufgeräumt.«

»Ooooh, die Oma!«, rief Ida dazwischen.

Maxie rollte mit den Augen. »Ja, echt! Sie hat meine Schränke noch nicht gesehen! Auf alle Fälle möchte ich, dass Helen sich bei uns wohlfühlt, sie ist schließlich gerade erst aus Abu Dhabi zurück.«

»Dubai!«, korrigierte Helen.

»Mann, Mami! Kannst du dir das nicht merken?!«

»Egal, von wo sie gerade eingeflogen ist, ich bin ihr furchtbar dankbar, dass sie in unser kleines Nest gekommen ist! Meerberg ist nicht die große weite Welt, Helen, ich weiß! Ihr habt euch beide den Feierabend verdient. Geht, ihr zwei, und macht es euch gemütlich!«

Helen angelte nach ihren Schuhen. »Das habe ich so vermisst! Familie, wohin man auch kommt. Da kannst du in der Welt herumreisen, so viel du willst, aber zu Hause ist es doch am besten!«

»Auch ohne Glitter und Pomp?«

»Gerade deswegen, Maxie!«

Olli war vor den Festreden geflohen und hatte Jacques allein am Tisch zurückgelassen. Er rechtfertigte es mit »administrativen Pflichten«, doch Maxie wusste es besser: Er hasste Ansprachen wie die Pest! Armer Jacques, er musste – für den Moment jedenfalls – ohne Tischnachbar im Saal sitzen!

Sie strafte Olli mit ein paar passenden Bemerkungen für seine Nachlässigkeit ab und warf einen letzten Blick in den Saal: das Licht der Kronleuchter brach sich in den vielen Gläsern auf den Tischen, die schimmerten, sobald sie mit den erlesenen Weinen gefüllt wurden.

Das Brautpaar strahlte, die Gäste waren glücklich, und so sah sie ihre Prognose vom Vormittag bestätigt: Es war wirklich ein guter Tag gewesen!

Nun konnte sie auch nach Hause gehen; wenn ihre Hilfe benötigt wurde, würde man sie anrufen.

Sie sandte Matthias eine kurze Nachricht, dann schlüpfte sie in Ollis Büro und steckte ihm einen Haustürschlüssel samt Zettel in die Manteltasche. Einer schnellen Eingebung folgend steckte sie die lose auf dem Schreibtisch liegenden Autoschlüssel in Jacques' Mantel. Er würde auf alle Fälle daran denken, das Gepäck aus dem Kofferraum von Ollis BMW zu holen, bevor sie sich hoffentlich zu Fuß auf den kurzen Weg zum Bauernhaus machten.

Es waren einige Maßnahmen getroffen worden, um die Hochzeitsfeier privat zu halten. Der Mann vom Sicherheitsdienst in der Lobby nickte Maxie zum Abschied zu, und unter den gedämpften Klavierklängen eines Elton-John-Klassikers schob Maxie sich durch die kleine Holztür im Burgtor. Sogleich pfiff ein frostiger Windstoß durch den Türspalt.

Sie zog sich die Mütze über die Ohren und wurde genau in dem Augenblick, da das Tor fast ins Schloss fiel, von einer dunkel gekleideten Männergestalt zur Seite geschubst. Der Unbekannte drängte sich an ihr vorbei durch die Maueröffnung.

»Hey, Moment mal!!!«, rief sie ihm hinterher. Er sah sich um und sie bemerkte, dass er eine Kamera trug.

Oh Mist! Die Presse!

Doch der Mann vom Sicherheitsdienst hatte aufgepasst und führte den Fotografen freundlich, aber bestimmt wieder auf die Straße.

»Wer sind Sie?«, fragte der Fremde Maxie interessiert,

dem es überhaupt nicht peinlich war, dass seine Aktion vereitelt war.

»Wer sind Sie selber?!«, fragte Maxie zurück.

Der Mann war ihr ein wenig näher, als es für sie angenehm gewesen wäre. »Stimmt es, dass Lukas von Ackeren bei Ihnen eingecheckt hat?«

Na, Gott sei Dank schien er wenigstens nichts von der Promihochzeit zu ahnen! Sie konnte seinen Atem riechen. Nikotin ... ihr wurde fast schlecht.

»Entschuldigung, darf ich fragen, warum Sie meine Frau belästigen?« Der Reporter wurde ruckartig nach hinten gezogen und sah sich mit dem grimmigen Gesicht des mindestens dreißig Zentimeter größeren Matthias konfrontiert.

Dieser sprach nicht besonders laut, sein Tonfall ließ jedoch ahnen, wie ernst er es meinte: »Ich denke, Sie wissen, was Sie zu tun haben und wenn Sie clever sind, tun Sie es sofort.«

Maxie hasste es normalerweise, wenn er den Macho so raushängen ließ, aber genau in diesem Moment hätte er nichts Besseres tun können. Matthias pfiff auf zwei Fingern dem Sicherheitsdienst. »Ich denke, der Herr möchte zum Auto begleitet werden.«

Dann wandte er sich seiner Frau zu.

»Hallo, Liebling!« Er umarmte sie und drückte ihr mit kalten Lippen einen Kuss auf die Wange. »Muss ich denn immer auf dich aufpassen?«

Maxie rollte mit den Augen.

»Okay, okay«, lenkte er ein. »Sah für mich so aus, als wenn meine Hilfe nicht gerade unwillkommen gewesen wäre.«

»Es hat tatsächlich gerade ganz gut gepasst«, gab sie zu.

»Du überschlägst dich ja gerade vor Dankbarkeit«, gab er ironisch zurück. »Wie läuft's da drinnen?«

Maxie kuschelte sich in seinen Arm, während sie im Gleichschritt den adventlich geschmückten Marktplatz überquerten.

»Außer der Episode von vorhin? Nein, es läuft wirklich fein, Schatz! Was bin ich froh, dass wir nie einen Bankettmanager für solche Feiern eingestellt haben. Es ist schön, so engen Kontakt zum Brautpaar zu haben, sich um alles zu kümmern und diesen Tag für die beiden unvergesslich zu machen. Das macht glücklich, weißt du?«

»Ich denke schon.«

»Sieh mal, ich erinnere mich so oft an unsere eigene Hochzeit, wie sich alle darum gekümmert haben, dass wir es genießen können, und wie besonders ich mich gefühlt habe.«

»Besonders schwanger.«

Maxie lachte. »Nee, ich meine, besonders – hm – jetzt fällt mir kein passendes Wort ein.«

»Besonders schön.«

»Nein, besonders … umsorgt.«

»Aber du warst besonders schön!«, raunte Matthias ihr ins Ohr.

»Oh, Schatz! Das ist so lieb von dir, du bist süß!«

»Süß ist nicht männlich, Maxie.«

»Ich weiß«, antwortete sie. »Du bist trotzdem süß. Und männlich natürlich.«

Nach ein paar Schritten nahm er den Faden auf und schien sich noch gut zu erinnern. »Du warst so rund, so unbeweglich … bis du schwanger wurdest, kannte ich dich und deine Tochter nur als zwei explodierte Eichhörnchen!«

Sie zappelte sich frei, wobei ihre Mütze verrutschte. »Duuu!«

Lachend zog er sie wieder an sich und schob ihre Kopfbedeckung noch weiter über ihre Augen. »Beruhige dich! Ich hatte mein ganzes Leben auf explodierte Eichhörnchen gewartet! Und ganz besonders auf eines wie dich. Gott sei Dank bist du ruhiger geworden. Bei Ida bin ich mir da nicht so sicher.«

Sie steckte ihre kalte Hand unter seine Jacke, sodass er kurz zusammenzuckte. »Jedenfalls wird dir mit mir nicht langweilig.«

»Das stimmt allerdings«, gab er zu. »Mal was ganz anderes: Wir haben einen Marder auf dem Dachboden.«

»Was denn, im neuen Gästezimmer?« Maxie stöhnte. »Das ist ja eine Katastrophe!«

»Nein, ein Nagetier. Mach dir keinen Kopf, wir fangen es ein und renovieren noch einmal neu. Ich bin ja bis Weihnachten zu Hause.«

»Noch einmal die ganzen Kosten!«

»Liebling, lass das meine Sorge sein. Sag mir bitte nur, wo du heute Nacht schlafen möchtest; unser Schlafzimmer müssen wir jetzt nämlich an Olli und meinen Bruder abgeben.«

Die Arme voll frischer Bettwäsche, stand sie am gleichen Abend vor den beiden Sofas und betrachtete ihren Mann voller Mitgefühl. »Du bist zu groß für unsere Zweisitzer!«

Seine Augen funkelten. Er schien etwas anderes im Sinn zu haben als eine unbequeme Nacht im eigenen Haus. »Bist du bereit für ein kleines Abenteuer?«

»Nein.« Sie gähnte herzhaft.

»Doch, bist du. Gib mir nur eine Minute …« Er verschwand in der Küche und kam kurz darauf mit ihrem Einkaufskorb zurück. Es sah ein wenig aus, als wolle er Pilze sammeln gehen.

»Komm mit!«, forderte er sie auf und verließ das Zimmer. Aber Maxie blieb stocksteif mit der Bettwäsche in den Armen stehen.

Er bemerkte, dass sie ihm nicht folgte, und kam zurück.

»Vertrau mir einfach, Liebling!«, beschwichtigte er sie, nahm ihr die Bettbezüge ab und legte sie auf den Korb.

Mit klappernden Zähnen stand Maxie kurze Zeit später im Hof vor der schmalen Holztreppe, die auf den Dachboden des Blumenladens führte, der zu den Außengebäuden des ehemaligen Engelhofs zählte.

»Da hoch!«, befahl er.

»Da hoch?«

»Ja, hoch mit dir!«

Die Treppe war so steil, dass sie fast auf allen vieren hinaufsteigen musste.

»Was für ein Anblick!«, stöhnte Matthias unmittelbar hinter ihr.

»Hör auf, auf meinen Hintern zu starren!«

»Ich meinte doch das Lichtermeer im Dorf da unten!«, log er.

Sie seufzte. »Ja, ja, ist klar!«

Die letzte Stufe nehmend, drückte sie die Holztür auf, die etwas knarzte und den Blick auf den kleinen Dachboden freigab.

»Weiter, der Korb ist ganz schön schwer!« Er gab ihr einen Klaps auf den Po und sie machte den Weg frei. Matthias stellte den Korb ab und betätigte einen Kippschalter neben der Tür. Eine Lichtleiste an der gegenüberliegenden Wand erwachte zum Leben und tauchte den Dachboden in warmes Licht.

»Was sagst du?« Er stellte sich dicht hinter sie, legte ihr seine Arme um die Schultern und legte sein Kinn auf ihrem Scheitel ab.

Sie sah keine Veranlassung, sich aus seiner Umarmung zu befreien, lehnte sich zurück, um die Wärme seines Körpers zu genießen, und beschloss, großzügig über die feine Staubschicht im Raum hinwegzusehen.

»Ob du's mir glaubst oder nicht: Ich hatte wirklich vergessen, dass du das hier mal für Luis eingerichtet hast! Nun ja, was soll ich sagen? Es ist ein bisschen frisch, aber durchaus romantisch!«

Er schubste mit dem Fuß drei leere Colaflaschen zur Seite, von denen eine prompt umfiel und unter das Palettenbett rollte. Er brummte unsicher. »Soll ich vielleicht ein bisschen saubermachen?«

Amüsiert löste sich Maxie aus der Umarmung und zog eine Flasche ihres Lieblingsweins aus dem Korb, die das Thema Sauberkeit in der Rangfolge der Wichtigkeiten eindeutig nach hinten rutschen ließ. Sie hielt ihm die Flasche begeistert vor die Nase. »Was für eine brillante Idee, Matthias!«

Er umfasste ihr freies Handgelenk, nahm ihr die Flasche aus der anderen Hand und stellte sie in sicherer Entfernung ab, sein Gesichtsausdruck entschlossen und ernst. »Mein Kopf ist voll brillanter Ideen, wie du weißt, aber gerade überkommt mich ein sehr niederer Instinkt.«

»Das ist gut!«, flüsterte Maxie und ließ sich von ihm aufs Bett ziehen.

6. Dezember

Irgendwie hatten sie es hinbekommen, dass sie diesen Sonntagmorgen alle gemeinsam frühstücken konnten. An dem großen Tisch im Bauernhaus saßen Maxie und Matthias auf der Bank, Helen und Ida saßen ihnen gegenüber in Korbsesseln. Sie waren nach einer Frühschicht im Hotel zurückgekommen und hatten den Rest des Tages frei.

Pelle, für den es wahnsinnig praktisch war, im Gästezimmer von Maxie und Matthias zu wohnen, hatte heute Morgen lediglich im Burghof streuen müssen und für genug Feuerholz für den Kamin in der Lobby gesorgt. Dann war er zusammen mit Helen und Ida zurückgekommen und genoss ebenfalls das Sonntagsfrühstück.

Sogar Luis war aufgestanden, um den Tag mit ihnen gemeinsam zu beginnen. Und Jacques und Olli waren sogar schon so früh auf den Beinen gewesen, um Kaffee zu kochen und den Tisch zu decken.

Ida biss einem Schokoladennikolaus brutal den Kopf ab und stupste Helen an, die neben ihr saß. »Du hast dich beim Hochzeitskaffee gestern ja ganz gut mit Lukas von Ackeren unterhalten! Ich dachte schon, er würde dir die Kuchenschaufel aus der Hand nehmen und selbst die Torte an die Gäste verteilen. Was habt ihr denn die ganze

Zeit gequatscht?« Einen Teil des Nikolauses verteilte Ida auf ihrem Brot.

Jacques wischte mit dem Brötchen einen Marmeladenrest vom Teller. »Es ist mir ja egal, was er kocht, aber diese Stimme!«, schwärmte er.

Olli verdrehte die Augen. »Der baut dir aber sicher keinen Kleiderschrank.«

»Du baust uns einen neuen Kleiderschrank?«

»Könnte vielleicht sein«, deutete Olli vage an.

»Sonntage sind sooo schön!«, flüsterte Maxie Matthias ins Ohr und legte ihren Kopf an seine Schulter. Er küsste sie auf den Scheitel, in dem Moment musste sie niesen und er biss sich schmerzhaft auf die Lippe.

»Da gibt's nix zu erzählen«, meinte Helen in Beantwortung von Idas Frage und schlug Luis auf die Hand, der quer über ihren Teller hinweg den Rest von Idas Nikolaus stibitzen wollte. »Der hat sein Restaurant in Berlin gerade verkauft, kennt den Chefkoch vom Burj Khalifa in Dubai persönlich, ist gerade Single und verhält sich auch so.«

»Er baggert dich an, Helen?«, fragte Pelle mit offenem Mund.

»Das würde ich nicht so sagen, aber wie jeder frisch getrennte Mann war er auf der Suche nach jemandem, der sein Ego füttert. Der brauchte einfach nur jemanden, der bewundernd an seinen Lippen klebt.«

»Hast du?«

»Hab ich was?«

Jacques verdrehte die Augen. »An seinen Lippen geklebt!?!«

Helen biss in ihr Brötchen. »Warum sollte ich?«, fragte sie mit vollem Mund.

»Weil ihr super zusammenpassen würdet. Fernsehkoch und Starkonditorin«, meinte Jacques. »Und natürlich, weil er das Frederik's gekauft hat, wo ihr so gerne arbeiten wollt.«

»Wie bitte? Was sagst du da?«, platzten Ida und Helen gleichzeitig heraus.

Den Moment der Verblüffung nutzte Luis, um Idas Schokonikolaus nun doch für sich zu sichern.

Jacques, der als Einziger in den letzten Tagen Zeit gehabt hatte, die Zeitung zu lesen, gab im Groben den Inhalt des Artikels wieder, inklusive Eröffnungsdatum und ein paar anderer Details.

Irgendwann legte Olli sein Besteck klimpernd auf den Teller. »Ich kann euch jedenfalls auch noch was erzählen: gestern Abend stand plötzlich ein Fotograf von der Presse in der Burg!«

»Was? Das war sicher der, den der Sicherheitsdienst erwischt hat, als ich nach Hause ging!«, rief Maxie.

»Eigentlich habe ich ihn erwischt.« Matthias biss krachend in sein Brötchen.

»Ich weiß es nicht, er wollte heimlich Fotos von Lukas von Ackeren machen, aber ich habe von meinem Hausrecht Gebrauch gemacht, und ihm Hausverbot erteilt. Fehlt noch, dass die Presse unseren Gästen auflauert!«

Luis bekam große Augen. »Cool!«

»Also Leute«, fuhr Olli fort. »Egal, wie ihr heute euren Sonntag verbringt, ich will euch nicht in der Nähe der Burg sehen, ist das klar? Ich halte dort heute die Stellung an der Rezeption. Euer Einsatz in den letzten Tagen in allen Ehren, aber heute ist Pause für euch. Ihr nähert euch nicht auf hundert Meter der Burg!«

Ida zog die Nase kraus. »Wir fahren sowieso nach Köln.«

»Du kannst mir die Burg gar nicht verbieten, ich wohne nämlich in Meerberg«, meckerte Luis.

Olli sah ihn nur an, ohne irgendwas zu sagen.

»Ist ja schon gut, wollte sowieso nicht hin«, nuschelte Luis daraufhin. »Papa und ich gehen biken.«

»Wenn Mama mitfährt«, stimmte Matthias zu.

Maxie hörte nur *Kälte und Dreck.* »Heute ist Nikolausmarkt unten im Dorf, wollen wir nicht lieber …?«

»Erst biken, dann dorthin?«, fiel Matthias ihr ins Wort.

Jacques kannte seine Gastgeberin ausgesprochen gut und lieferte ihr gerne eine passende Ausrede: »An mich denkt mal wieder niemand. Ich würde gern wandern. Ich nehme Maxie mit, und wir treffen uns dann alle unten auf dem Markt.«

Damit waren dann alle einverstanden. Die Runde löste sich auf und Helen und Ida packten. In den nächsten Tagen wurden sie im Hotel erst mal nicht gebraucht. Pelle lag quer über dem Bett und sah den beiden zu. Er selbst würde erst einmal hierbleiben, um in der Burg auszuhelfen, wollte aber wenigstens am Sonntag mit ihnen nach Köln fahren.

»Mensch, Leute!«, fiel es Helen plötzlich heiß ein. »Hatte ich nicht Paul einen Kuchen versprochen, weil er für meine Willkommensparty auf seinen Ruhetag verzichtet hat!? Das hätte ich beinahe vergessen!«

»Ja, aber hier können wir den nicht backen«, schloss Ida die einfachste Lösung für dieses Problem gleich mal aus. »In Mamis Ofen verbrennt die linke Seite immer. Wir backen in Köln.«

Pelle fiel die Kinnlade runter. Er hatte so auf einen Bummel über die Weihnachtsmärkte gehofft!

Helen schüttelte entschieden den Kopf. »Wir haben doch überhaupt nichts in den Schränken!«

»Das ist richtig.« Ida dachte einen Moment nach und zuckte dann mit den Schultern. »Dann bekommt er den Kuchen eben ein anderes Mal.«

Das fand auch Pelle eine gute Idee und freute sich schon auf seine Kumpel an der Glühweinbude.

»Nein, nein, nein!«, protestierte Helen und zog Pelle vom Bett. »Dann denkt er, ich hätte es vergessen. Wir gehen einfach in die Burg, ist doch nur für 'ne Stunde.« Sie zog die Bettdecke glatt.

»Olli will euch heute nicht sehen, du hast ihn doch gehört!« Pelle zog sich die Schuhe an. »Das wär schön blöd, wenn ihr ihm doch über die Füße lauft!«

»Dann gehen wir eben durch den Nebeneingang an der Remise und schleichen uns rüber in die Konditorei.« Für Helen war es schon beschlossene Sache. »Das merkt er doch gar nicht, das ist meilenweit von seinem Büro und von der Rezeption entfernt!«

Nach einigem Hin und Her bequatschte sie die beiden anderen, sodass sogar Pelle sie auf dieser Geheimmission begleitete und die Aussicht auf Glühwein ein paar Stunden nach hinten verschob.

Nachdem Ida mit Genehmigung ihrer Mutter deren Küchenschränke erfolgreich nach den nötigen Zutaten durchsucht hatte, gelang es ihnen, wie geplant in die

Burg zu gelangen und die Lobby – und somit auch Ollis Büro und die Rezeption – großzügig zu umgehen.

Im engen Gewölbegang bis zur Backstube, kurz vor dem Ziel, verlangsamte Helen, die voranging, ihren Schritt und blieb urplötzlich stehen. Ida schaffte es nicht rechtzeitig zu bremsen, schubste ihre Cousine weiter, gleich durch die Pendeltür in die hell erleuchtete Backstube.

Pelle, der als Letzter hinter den beiden eintrat, sah über Idas Kopf hinweg auf fünf Fremde, die gerade sehr geschäftig mit einem grellen Scheinwerfer, einer Kamera und einem fetten Mikro herumhantierten. Sie alle wandten ihnen den Rücken zu.

Der Einzige, der das Eintreten der drei hätte bemerken können, da er ihnen zugewandt in der Mitte der urigen Burgküche stand, nahm keine Notiz von ihnen: Lukas von Ackeren.

»... und das kann ich versprechen, ist einfach *mörderisch* gut: Normalerweise sind sie erklärte Feinde, aber wenn man es richtig hinbekommt – und das funktioniert nur mit etwas Übung –, ist es einfach ein Gedicht!« Die Kamera fuhr näher an ihn heran.

»Wasser, Fett und Luft!«

Ida hätte dem Klang seiner Stimme stundenlang zuhören können, selbst wenn er ihr ein Telefonbuch vorgelesen hätte.

Ganz im Gegensatz zu Helen. Sie schäumte!

»Nicht in dieser Backstube!«, stieß sie zwischen zusammengepressten Zähnen hervor. Die Köpfe wandten sich um, eine Frau legte den Zeigefinger auf die Lippen.

Aber Helen hätte sich in diesem Moment mit Steven Spielberg persönlich angelegt, so sehr brodelte es in ihr.

Wie sehr sie sich außerhalb ihrer Komfortzone befand, konnte man daran erkennen, dass sie alle ihr bekannten Sprachen benutzte, ohne dass sie es selbst bemerkte.

»Godverdomme, was macht dieser Mann da nur! Die Creme muss doch heiß gerührt werden! Noooo, he's spoiling it! Das darf nicht kochen, pass auf, Mann, pass doch auf! Was bildet sich dieser Amateur eigentlich ein?«

Der Kameramann und der Tontechniker wechselten amüsierte Blicke und dachten gar nicht daran, ihre Arbeit einzustellen. Jede einzelne von Helens Bemerkungen wurde von den hochempfindlichen Mikros aufgezeichnet. Die Frau bahnte sich einen Weg zu Helen herüber.

Zunehmend irritiert war auch von Ackeren, dessen sexy Stimme zu Idas großem Bedauern erstarb.

Das reichte aus, um Helen vor die Kamera zu bringen, gerade als die Regieassistentin sie am Ärmel zupfen wollte. Doch Helen hielt nichts und niemand auf, wenn ein Backwerk in Not war.

»Jetzt doch nicht aufhören zu rühren!« Sie entriss dem prämierten Fernsehkoch den Schneebesen und ließ sich alle aufgestaute Energie in den unschuldigen Inhalt der Schüssel entladen, die sie ins heiße Wasser drückte.

Der Besen schlug gnadenlos klappernd gegen die Wände des Metallbehälters, bis sie sich abreagiert hatte, wobei sie permanent vor sich hin schimpfte (was man bei dem Geklapper Gott sei Dank nicht deutlich verstehen konnte) und von Ackeren wütende Blicke zuwarf.

Ihr Ärger verflog nur langsam; erst als sie sah, dass die Masse gerettet war.

Schließlich zog sie die Schüssel aus dem Wasserbad und hielt sie triumphierend unter die Nase des Fernsehkochs, dem das heiße Wasser vom Schüsselrand auf den Ärmel tropfte.

»So! So und nicht anders wird eine englische Buttercreme geschlagen!«, fauchte Helen ihn an.

Lukas von Ackeren fuhr mit einem Löffel in die Creme und kostete.

»Sag mal, wie genau war nochmal dein Familienname?«, erkundigte er sich mit hochgezogenen Augenbrauen. Doch Helen kam nicht dazu, zu antworten. (Nicht, dass sie es überhaupt vorgehabt hätte!).

Vom Korridor her erscholl das Donnern von Absätzen auf den mittelalterlichen Steinquadern. Beide Flügel der Pendeltür schlugen gleichzeitig auseinander. »DE VRIES!« Groß und breitschultrig stand der Hotelchef in der Konditorei. »In mein Büro!«

Er winkte Ida und Pelle, ihm ebenfalls zu folgen und sein Ausdruck ließ keinen noch so kleinen Widerspruch zu.

»Mitkommen, alle drei!«

Wie drei Erstklässler ließen sie seine Kanonade über sich ergehen. Olli wanderte unablässig von einem Ende seines Büros zum anderen.

»Ich habe doch gesagt, ich will euch heute nicht hier sehen! Und was macht ihr drei?«

»Wir wollten nur mal kurz in die Backstube …«, protestierte Ida.

»Aber nicht heute! Meine Anweisung war ganz eindeutig! Die Produktion ist kurzfristig von Köln hierher verlegt worden, was glaubst du, was so eine Drehminute kostet? Und was glaubst du, wer nun die Kosten für den Verzug tragen muss?«

Helen zitterte vor unterdrückter Emotion.

»Olli, du hast uns also absichtlich vom Hotel ferngehalten, damit du diese wunderschöne Backstube für so einen Fernsehzirkus missbrauchen kannst? Das ist doch ein Arbeitsplatz – mein Arbeitsplatz!«

»UND WESSEN BACKSTUBE IST ES, HELEN?« Auch wenn er oft grantig daherkam, es war selten, dass Olli wirklich die Stimme erhob so wie jetzt.

Aber Helen war nicht bereit, einen Rückzieher zu machen. Sie war fast ebenso groß wie er – wenn auch sehr viel schmaler – und ließ sich nicht ein zweites Mal einschüchtern. Ihr Zeigefinger fuhr zu seinem Brustkorb. »Würdest DU eine Horde Fremder in deine Schreinerei lassen, damit sie dort eine dämliche Handwerkershow drehen? Würdest DU sie mit deinen teuren Maschinen herumwerken und das teure Holz zerschneiden lassen? Ich bin zwar deine Konditorin, aber ich sehe diesen Raum als meine Werkstatt an! Die spielen da hinten mit den Küchenmaschinen herum, als wären es Requisiten!« Sie holte tief Luft. »Und außerdem verschwenden sie die guten Bio-Zutaten, und am Ende landet alles im Mülleimer!«

»Ich warne dich, Helen, back kleinere Brötchen!« Helens Rede ließ Olli nicht gerade ruhiger werden. »Das hier ist mein Hotel, das ist meine Entscheidung gewesen, und solange du hier arbeitest, bin ich nicht nur dein Onkel, sondern auch dein Chef!«

Das brachte Ida auf den Plan. Wenn sie eines ums Verrecken nicht ausstehen konnte, dann waren es ungerechtfertigte Anschuldigungen. Und nun explodierte sie ebenso wie ihre Cousine.

»Du bist Pelles Chef, aber Helen und ich sind hier, weil wir dir helfen wollten! Ich dachte, du wärst so froh darüber!« Sie war fuchsteufelswild, und leider passte sich ihr Hautton ihrer Haarfarbe an.

»Entschuldige, wenn ich es jetzt gerade nicht bin!«, gab Olli bedient zurück.

»Helen ist gerade erst aus Dubai zurück und springt hier ein, um deine wichtige Promihochzeit möglich zu machen, und dann kommst du daher und pfeifst sie zusammen. Als ob sie das verdient hätte! Hörst du dir eigentlich selbst mal zu?« Idas Stimme überschlug sich fast. »Wir sind immer da, wenn's brennt, aber – verdammt und zugenäht – zeig mal ein kleines bisschen Dankbarkeit!«

Ida – die im Gegensatz zu ihrer Cousine zu Olli aufblicken musste – wagte sich weit vor, was ihr einen warnenden Blick von Pelle einbrachte. Ihre Wangen glühten, ihr Haar war wild zerzaust und ihr Gesichtsausdruck grimmig. Sie war aufgebracht wie nie zuvor über die Art und Weise, wie ihr Onkel mit ihnen umsprang.

»Nein, Pelle! Sieh mich nicht so an!«, fauchte sie. »Er ist nicht unser Chef. Ein bisschen Respekt haben wir schließlich auch verdient!«

»Genau!«, bestätigte Helen, tief beeindruckt davon, wie sie ihre gemeinsame Sache verteidigte. »Wir sind –

nein, wir waren für die Backstube verantwortlich, und ich will nicht, dass dieser, dieser, dieser Amateurkoch und seine Kumpane die teuren Geräte beschädigen und alles versauen. Und am Ende wird alles weggeschmissen! Das sind doch Lebensmittel! Und den armen Pelle, den lässt du ganz aus der Sache raus, der hat nämlich gar nichts damit zu tun, Olli!«

Der arme Pelle schwitzte in seinem Wollpullover vor sich hin.

Ollis Hand knallte auf die Schreibtischplatte. »NICHT in die Burg kommen, habe ich euch vor nur einer Stunde gesagt! Was davon habt ihr drei nicht verstanden?!«, donnerte er.

Helen wischte mit einer Hand durch die Luft. »Schrei uns nicht an, Olli! Ida und ich fahren heute zurück nach Köln, wir haben dort genug zu tun, um uns für den Probetag im Frederik's vorzubereiten. Du siehst uns hier bis Heiligabend sowieso nicht wieder.« Sie warf selbstbewusst ihre blonde Mähne über die Schulter.

Und Ida setzte noch einen drauf. »Das heißt, wenn du uns dann überhaupt hier sehen willst! Am besten lassen wir beide die Familienweihnacht einfach mal ein Jahr sausen!«

Olli verdrehte die Augen und wischte sich mit der Hand übers Gesicht.

»Oder du entschuldigst dich bei uns!«, untermauerte Ida ihre Forderung und stampfte auf den Boden.

»ICH soll mich entschuldigen?!«

Ida wechselte einen Blick mit Helen.

Helen nickte. »Oder du verzichtest an Weihnachten auf uns!«

Olli atmete tief durch, sichtlich aus der Fassung gebracht von dieser Drohung.

»Das könnt ihr nicht machen! Ihr verpasst nicht die Burgweihnacht!«

»Doch!«, grollte Ida.

Eine Pause entstand, in der sich Olli mehrmals mit der Hand übers Kinn fuhr. Maxie würde ihn killen. Die ganze Familie würde ihn killen! Er hatte nie Zoff mit seinen Angestellten gehabt. Aber in der Schreinerei waren es ja auch Männer. Und um das Hotel kümmerte sich Carlos normalerweise.

Er schloss kurz die Augen. Als er dann sprach, war er etwas ruhiger.

»Versteht doch, die waren so begeistert von unserem Hotel, das Gewölbe in der Backstube, der massive Holzschrank, die Atmosphäre …«

»Ja, und?«

Pelle legte Ida die Hand auf den Arm; er konnte natürlich beide Seiten gut verstehen! Ollis Argumente waren vollkommen einleuchtend, wogegen Helen und Ida eher emotional reagierten. Aber auch nicht ganz zu Unrecht, wie er fand.

»Ich habe denen den Drehort zugesagt und muss mein Wort halten. Wenn die mir den verdorbenen Drehtag in Rechnung stellen, dann habe ich ein richtig fettes Problem! Der Vertrag ist knallhart«, erklärte Olli.

Mehr sagte er nicht, doch sah er mit einem Mal ziemlich müde aus. Helen biss sich auf die Unterlippe. Olli hatte nie in der Familie über finanzielle Dinge gesprochen. Es musste ein Damoklesschwert über seinem Kopf schweben, dass er es jetzt tat.

Ida erkannte es ebenfalls und pfiff ihre hochgekochte Wut wie ein kleiner Dampfkessel aus.

Pelle zog sich den Pullover über den Kopf. Ein dunkler Streifen auf seinem Shirt, das an seiner Wirbelsäule klebte, markierte den Grad seines Unbehagens.

Die eben noch aufgeladene Atmosphäre hatte sich im Handumdrehen erschöpft.

Sie schwiegen sich ein paar Sekunden an.

Dann klopfte es an der schweren Eichentür.

Olli, eigentlich noch nicht bereit, sich gleich einem weiteren Problem zu stellen, stöhnte voller Unbehagen, stieß sich schwerfällig von der Schreibtischkante ab und öffnete.

Lukas von Ackeren stand dort mit dem Regisseur, dahinter Schumann, der Medienmogul. Schlimmer hätte es nicht kommen können.

»Ah, alle beisammen!«, tönte dieser.

Olli richtete sich auf, bereit dem Feind zu begegnen. »Kommen Sie bitte herein.«

Er trat zur Seite, bedeutete aber gleichzeitig Helen, Ida und Pelle mit einer Geste, den Raum zu verlassen.

»Nein, nein, Moment«, meinte Schumann und hielt die drei mit einer Handbewegung auf. »Es ist doch besser, wir bleiben alle hier, dann können wir die Sache gleich klären. Eigentlich ist das ja Tessas Ressort, aber da sie nun mal heute Morgen auf Hochzeitsreise gegangen ist ...«

Ida wünschte sich eine riesengroße Falltür im Boden, um sie alle zu verschlingen. Sie war so sauer auf ihren

Onkel, mehr wegen der Unfairness seiner Anschuldigungen als über das, was eigentlich passiert war, aber sie hatte natürlich nicht über die geschäftlichen Konsequenzen des verdorbenen Drehs für ihren Onkel und letztendlich das Hotel nachgedacht. Sie kam sich sehr dumm vor. Ihre Knie zitterten.

»Vielleicht setzen wir uns einen Moment.« Olli bewies Nerven, in seiner Stimme war jedoch ein gestresster Unterton zu vernehmen. »Ida, wärst du so nett, uns Kaffee zu bringen?«

»Seht ihr, so müsste es mal bei uns zugehen!«, meinte Schumann ganz angetan. »Hier nimmt man sich für alles Zeit!«

Idas Kopf schwirrte. Ja, und diese *Zeit* wollte sich Schumann jetzt teuer bezahlen lassen. Was für ein Arsch! Und dann tat er auch noch so fröhlich!

Das laute Mahlen der Kaffeebohnen verschlang einen Teil der Unterhaltung, und als sie dann den Kaffee servierte, klapperten die Löffel laut gegen die Tassen.

Sie sah, wie Pelle sich in einem fort mit den Händen über die Oberschenkel fuhr, und die sonst so lockere Helen hielt sich kerzengerade.

Schumann fuhr fort. »Wir stellen die Arbeiten für diese Woche ein.«

Von Ackerens Kinnlade fiel herunter.

Ollis rechte Hand krampfte sich zur Faust.

Da hielt es Ida nicht mehr aus.

Erst als sie Ollis Bürotür hinter sich geschlossen hatte und sich beschämt gegen die kühle Steinmauer lehnte, bemerkte sie, dass sie weinte.

Der Nikolausmarkt war dieses Jahr ganz besonders gut besucht, was vielleicht daran lag, dass es angefangen hatte zu schneien und sich somit das ganze Dorf in Weihnachtsekstase befand.

Maxie ließ sich von Matthias den Glühweinbecher aus der Hand nehmen, weil es sie so sehr schüttelte, dass das heiße Getränk überzuschwappen drohte.

»Jetzt sag das nochmal!«, kicherte sie und musste sich an Jacques' Ellbogen festhalten. Der Musikverein spielte Die *Weihnachtsbäckerei* auf der nahegelegenen Bühne. Vielleicht hatte sie im Gedudel der Blechinstrumente etwas nicht richtig verstanden?!

»Sie sagte, sie müsse es sich überlegen!« Olli biss herzhaft in eine Laugenbrezel.

Jacques sah es offensichtlich nicht ein, dass Maxie nun auch noch *sein* Getränk verschüttete, und befreite seinen Arm aus ihrem Griff.

»Sie muss sich überlegen, ob sie mit Lukas von Ackeren eine Fernsehsendung macht?«, erkundigte sie sich noch einmal.

»Es waren drei! Drei Sendungen, hat Olli gesagt«, warf Matthias ein.

Olli nahm einen Schluck aus Jacques' Tasse, um den Bissen runterzuspülen. »Ich sage euch, aus Helen ist eine Diva geworden!«

»Nein, ich glaube nicht«, nahm Maxie sie in Schutz. Gerade Helen war alles andere als das! »Sie möchte es einfach gut machen.«

»Aber das macht sie doch!«

»Dann beantworte dir selbst die Frage, die dir Helen

gestellt hat«, beschwichtigte sie ihn. »Würdest du denn deine Schreinerei gern in einer Fernsehshow sehen? Und würdest du selbst in dieser Show auftreten wollen?«

Alle Blicke richteten sich auf Olli.

Er gab Jacques die leere Tasse zurück und sein breites Grinsen reichte von einem Ohr zum anderen. »Und wenn du mir den Dom in Gold aufwiegen würdest, ich würde es nicht machen! Aber die Filmleute sind ganz verrückt nach unserer Helen!«

»Natürlich sind sie das!«, warf Maxie ein.

»Obwohl Lukas von Ackeren das Ganze wohl nicht so toll fand«, gab Olli zu. »Ach, und noch was: Helen und Ida sind so sauer auf mich, dass sie an Weihnachten nicht kommen wollen. Die Familie wird mich lynchen, wenn du das nicht wieder hinbekommst, Maxie.«

Maxies Lachen verstummte abrupt.

Hatte sie da gerade richtig gehört?

»Ich? Wieso denn ich?«

Olli hob den Blick zum Himmel in die sanft heruntertrudelnden Schneeflocken. »Weil du einfach alles hinbekommst, Maxie.«

7. Dezember

Versuch es noch ein einziges Mal«, meinte Helen sanft und Ida zog mit der Spiralgabel die letzte Kugel aus der diesmal makellosen Zartbitterkuvertüre.

»Das ist es!«, lobte Helen sie. »Du bist so gut! Dann lass uns für heute mal Schluss machen.«

Sprichwörtlich jede freie Ablagefläche war bedeckt mit Pralinen und Konfekt und es duftete in der ganzen Wohnung wie im Paradies.

Sie goss zwei große Weizengläser voll Kranenwasser und gab Ida eines davon. Sie tranken und betrachteten währenddessen ihre verwüstete Küche. Dann angelte Helen nach ihrem Handy und fotografierte Idas Kunstwerke.

»Sollen wir Samstag wirklich zum Probearbeiten gehen nach dem Riesendesaster mit Lukas von Ackeren?« Idas Frage überraschte sie nicht. Auch sie selbst hatte darüber ausgiebig nachgedacht.

»Sieh mal, wir sprechen schon ewig darüber, dass wir zusammenarbeiten wollen! Ich glaube, du hattest noch nicht einmal die Ausbildung angefangen, da haben wir uns das schon gewünscht! Und jetzt haben wir die Chance, Ida, jetzt machen wir das auch! Wenn du auch nur ein halbes Jahr beim Frederik's im Lebenslauf stehen hast, dann kannst du dir in Zukunft die Stellen aussuchen!«

Ida wischte ihre Finger an Helens schwarzer Schürze ab. »Aber du brauchst so eine Referenz gar nicht mehr, Helen.«

»Wir machen das gemeinsam, ganz genauso wie geplant! Ich lasse dich doch nicht im Stich! Ich hab dich so gern, Ida, und ich gönne dir so, dass dein Können honoriert wird. Und außerdem fresse ich einen Besen, wenn der von Ackeren überhaupt mitbekommt, dass wir da sind. Der Laden ist so riesig, da wird er sich nicht gerade darum kümmern, wer zum Probearbeiten kommt!«

Ida leerte ihr Wasserglas.

»Ein Sauerbraten bei Paul wäre mir lieber als ein Besen.«

Pauls Kneipe war an den ersten beiden Tagen der Woche wie immer geschlossen, aber Helen ahnte, dass er trotzdem da war, und trommelte so lange gegen die Tür, bis sie das Drehen eines Schlüssels vernahmen und er sie beide hereinließ.

»Du kannst aber auch wirklich eine Plage sein, Helen«, lächelte er und schob den Putzeimer mit dem Fuß fort.

»Ja, ich weiß. Aber jetzt sieh mal hier, was wir dir mitgebracht haben!« Sie küsste ihn auf die Wange.

»Du hast es nicht vergessen!« Die kleine Lücke zwischen seinen Schneidezähnen wurde sichtbar, als er das Backblech entgegennahm. »Mein Lieblingskuchen!«

»Für unseren Lieblingswirt.« Helen pflanzte sich auf einen der Barhocker. »Hättest du zufällig Sauerbraten anzubieten?«

Pauls Lächeln fiel. »Ich habe gerade erst die Küche geputzt!«

»Ach, Paul …«, säuselten die Mädels synchron und erreichten damit natürlich ihr Ziel. Er stieß einen milden Fluch aus, verschwand in der Küche und kam auch erst wieder zurück, als das Essen fertig war.

»Und, hast du dich schon entschieden?« Idas Frage störte die sonst so einträgliche Ruhe, bei der nur Kaugeräusche und Besteckgeklapper zu hören gewesen waren. Paul gab sich derweil daran, die Zapfanlage zu prüfen.

Helen stöhnte gequält auf. »Na, Mr Superkoch war ja nicht gerade begeistert, dass ich ihm in seine Show reinpfuschen sollte!«

»Aber die wollen dich!«

»Mr Superstar wohl eher nicht bis gar nicht. Aber leider hat Tessa, Schumanns Tochter, den kurzen Ausschnitt zu sehen bekommen, den die Kamera von uns beiden gemacht hatte.«

Ida sah sie prüfend von der Seite an. »Und sie hat darin ein neues Format erkannt. Komm schon, Helen, da ist doch noch etwas anderes?!«

»Ich bin nicht wie du, Ida!«, brach Helen endlich mit ihren eigentlichen Bedenken zur Sache heraus. »Du kannst so was. Du hast zehn Jahre lang auf der Bühne gesungen und so.«

»Was hat das denn jetzt damit zu tun? Es geht doch hier nur ums Backen, nicht um Karneval.«

»Wenn's mal nur das Backen wäre! Da muss ich ja schließlich auch was sagen! Ich bin nicht so ein Zirkus-

92

pferdchen, das vor der Kamera steht und die Leute unterhält. Ich bin Konditorin, keine Moderatorin.«

Ida zeigte sich empört; hatte sie sie verletzt mit ihren Worten?

»Ich bin auch kein Zirkuspferdchen, du dusselige Kuh!«

»Nee, so habe ich es doch gar nicht gemeint!«, stellte Helen richtig. »Wenn ich aufgeregt bin, dann kriege ich keinen richtigen Satz zusammen. Jedenfalls nicht durchgängig in einer Sprache. Du weißt ganz genau, wie ich dann herumstottere.«

»Aber zum Reden hast du doch dann den Lukas! Du musst nur tun, was du sowieso gut kannst.« Ida zog das letzte Stück Sauerbraten durch die Soße.

»Und er hasst mich!« Helen matschte eine Kartoffel klein.

Das reichte. Paul warf sich das Handtuch über die Schulter und verschränkte seine muskulösen Arme auf dem Tresen. »Wenn ich jetzt auch mal was dazu sagen darf: Deine letzte Meisterschaft wurde auch im Fernsehen übertragen, und du hast danach ein langes Interview gegeben, ohne herumzustottern!«

»Das war doch Fachpublikum! Das war ja wohl nochmal ganz was anderes. Ich versteh einfach nicht, wieso Olli mich in so etwas reinquatschen will. Zuerst ist er voll stinkig, dass wir die Dreharbeiten stören, und dann will er unbedingt, dass ich mit diesem Clown die Fernsehshow mache.« Sie sah genervt zur Zimmerdecke. »Ich bin sooo sauer auf ihn! Und dieser Suppenkoch, der findet die Idee ganz und gar nicht gut!« Sie stieß die Gabel in die nächste Kartoffel. »Er hasst mich!«

Paul zuckte mit den Schultern. »Der hasst dich sicher nicht mehr, wenn er dich mal kennenlernt!«

Helen sah ihn schräg an. Was sollte das denn heißen? Unter näher kennenlernen verstand man im Fernsehgeschäft wahrscheinlich die Besetzungscouch. Das durfte doch nicht sein Ernst sein!

»Der wird sich schon beruhigen, will ich damit sagen!«, stellte Paul schnell richtig. »Also, was machst du jetzt?«

Sie zog ein Gesicht. »Weiß ich nicht. Setz mich nicht so unter Druck.«

Auch als sie etwas später das Brauhaus gemeinsam verließen, Paul die Tür abschloss und dabei seinen Kuchen auf einer Hand balancierte, ließ er nicht locker. »Ich finde, du solltest das machen, das mit dem Fernsehen.«

Sie wirbelte herum, dass die Kuchenplatte fast heruntergefallen wäre. »Warum drängst du mich so dazu? Ich muss zuerst nochmal darüber nachdenken!«

Er brummte. »Wenn du über etwas sprichst, das du gut kannst, dann musst du auch nicht aufgeregt sein, so wie bei der Sportschau.«

Ida stellte sich auf die Zehen und drückte Paul zum Abschied. Helen war mit ihren Gedanken bereits ganz woanders.

Am Abend in ihrer eigenen Küche wollte ihre Cousine noch einmal auf das Thema zu sprechen kommen, aber Helen hatte so gar keine Lust mehr darauf. Stattdessen drehte sie den Spieß um: »Jetzt reden wir mal über dich, Kleine. Was ist denn eigentlich passiert, dass Pelle hier ausgezogen ist? Es ist nicht so, als wenn die Wohnung übermäßig groß wäre, aber ich hatte ehrlich

94

gesagt erwartet, dass er hier zusammen mit uns wohnt.«
Sie begutachtete eine weiße Praline und steckte sie sich in
den Mund. »Wäre auch billiger gewesen für uns beide!«,
mampfte sie.

»Unser Freund Pelle –«

»*Dein* Freund Pelle«, korrigierte Helen.

»Okay, unser Freund, aber mein für sehr kurze Zeit
fester Freund Pelle, hat meinen Geburtstag vergessen
und stattdessen ein Ticket für den FC gehabt.«

»Er ist an deinem Geburtstag zum Fußball gegangen?«
Das war ja mal wirklich ein Grund!

Ida zog die Augenbrauen bestätigend hoch. »Ja, das
hättest du nicht von ihm gedacht, oder?«

Helen drehte eine weitere Praline zwischen den Fingern und überlegte lange, bevor sie antwortete.

»Hat er sich wenigstens angemessen entschuldigt?«

»Als ob ich darauf gewartet hätte! Ich habe ihm noch
während des Spiels seine Sachen vor die Tür gestellt! Paul
war dann so dämlich und hat ihn aufgenommen. Dann
habe ich mir für die zwei Monate, bis du zurückkamst,
eine neue Mitbewohnerin gesucht, die leider eine Voll-
meise hatte – immerhin hat sie die Miete regelmäßig
bezahlt – und jetzt wohnen wir beide zusammen, Helen.
Ende der Geschichte.«

8. Dezember

Im Gegensatz zu Köln, wo der erste Schnee eine ziemlich matschige Angelegenheit war, verbanden sich hier die kleinen Flocken zu einem locker gewebten Tuch, das sich auf die Landschaft rund um Meerberg legte.

Das Geschirr vom Abendessen wartete noch in der Spüle auf den Abwasch. Von der riesigen Lasagne war lediglich eine feine Knoblauchnote übriggeblieben, die sich weigerte, die Küche zu verlassen.

Maxie hingegen weigerte sich, gerade jetzt zu lüften, da sie mit einer Tasse Tee am großen Küchentisch saß, die Füße in Norwegersocken auf dem Stuhl gelegt, auf dem soeben noch Matthias gesessen hatte.

Sie waren irgendwo verschwunden, Luis und sein Vater. Irgendwo im oberen Stockwerk und Maxie hoffte, das würde eine ganze Weile so bleiben, damit sie ihre Ruhe hatte. Den dampfenden Keramikbecher in beiden Händen haltend, sah sie den Schneeflocken auf der anderen Seite der Fensterscheibe dabei zu, wie sie in den Hof und in den dahinterliegenden Garten hinuntertanzten, hier und da von einer Windböe gezwungen, ihre Landekoordinaten zu ändern.

Schon mehr als zweihundert Jahre hatte dieses große Bauernhaus bereits gesehen. Trotz all des Trubels in diesem Jahr war es sicher einer der schöneren Dezember und Maxie war aus tiefstem Herzen dankbar dafür, dass sie mit ihrer Familie an diesem Ort leben konnte.

Natürlich war nicht alles perfekt. So kam Matthias' Schädel hin und wieder mit einem der tiefliegenden Deckenbalken in schmerzhafte Berührung. Und eine Fußbodenheizung – wie sie im Bad verlegt worden war – wäre im Winter auch den kalten Steinböden hier im Erdgeschoss vorzuziehen gewesen, ganz zu schweigen von den knarzenden Stufen im Treppenhaus, die ihr selbst früher – wie auch Ida und Luis später – das Leben schwer gemacht hatten, wenn sie abends nicht zum vereinbarten Zeitpunkt nach Hause gekommen war.

Aber all dies zusammen und all die Menschen, die in diesem Haus ein und aus gingen, machten ein Zuhause.

Ein Zuhause, das sie liebte.

Maxie legte den Kopf in den Nacken, atmete langsam aus und schloss die Augen für einen kleinen Moment.

Es schien, als sei Anfang Dezember sogar ein kleines Weihnachtswunder geschehen. Matthias war viel früher als erwartet zurück! Und Ida, ihr wilder und so selbständiger Engel, war für einige Wochen nach Hause gekommen, die wunderbare Helen und Pelle im Schlepptau, um überall mit anzupacken, wo Hilfe benötigt wurde. Niemand der Gäste hatte so den Personalnotstand im Hotel bemerkt!

Sie öffnete die Augen wieder und konnte nicht anders, als aus dem Fenster zu sehen. Es schneite!

Maxie liebte den Winter und ganz besonders Schnee.

Was sie jedoch ganz und gar nicht liebte, war die Aussicht, dass sie Weihnachten im Familienstreit erleben sollte, denn dass Ida und Helen zum Fest kommen würden, stand plötzlich infrage. Und wenn sie kamen, würde die Stimmung nicht die beste sein. Verdammter Oliver!

Maxie fischte nach einem Keks und tunkte ihn in den nur noch lauwarmen Tee. Der Mürbeteig saugte sich innerhalb einer Sekunde voll, wurde labberig und fiel schlaff in die Tasse. Die Krümel schwammen an der Oberfläche des Tees, was Maxie nicht das Geringste ausmachte. Sie nahm einen Schluck und zerdrückte die Keksteilchen mit der Zunge unter dem Gaumen.

Warum konnte Olli die Sache nicht selbst klären und sie aus der Nummer heraushalten!

Jeder in der Familie, absolut jeder – und da blieben Ollis Eltern mit fast achtzig Jahren nicht ausgeschlossen – machte es seit mehr als zehn Jahren möglich, zur Burgweihnacht anwesend zu sein. Denn an diesen wunderbaren fünf Tagen – angefangen am Tag vor Heiligabend – war das Hotel ausschließlich der Familie und engen Freunden vorbehalten.

Gemeinsames Kochen und ausgiebige Mahlzeiten standen in dieser besonderen Zeit ebenso auf dem Programm wie das Singen von Weihnachtsliedern, die Vorstellung zukünftiger Ehemänner, Wanderungen, Versteckspielen der Kinder in den verwinkelten Gängen … und Ruhe.

Saunagänge.

Nächte in wunderschön dekorierten Zimmern.

Zeit!

Das ganze Jahr über traf man sich eher sporadisch und nicht bei allen Geburtstagen war jeder dabei, besonders nicht Olli, der keinen Urlaub und keinen Feiertag kannte; aber diese Dezembertage, diese Familienweihnacht, war für ihn als inoffizielles Familienoberhaupt ebenfalls heilig.

Und bisher waren diese Tage nie überschattet gewesen von Streitigkeiten.

Wieso hatte die Auseinandersetzung zwischen Olli und den jungen Leuten so eskalieren müssen? Alles wegen dieser dummen Filmcrew!

Mit den Zeigefingern massierte Maxie sich die Schläfen. Sie würde selbst nach Köln fahren müssen und das schon in den nächsten Tagen. Und sie würde während der Arbeitszeit fahren, das war Olli ihr schuldig! Vielleicht sogar schon morgen.

Ja, genau!

Matthias öffnete leise die Tür. »Ich wollte mal nach dir sehen!«

»Das ist sehr lieb von dir.«

Er kam näher. »Du grübelst. Ist es wegen der Weihnachtstage?«

Wie so oft wusste er ganz genau, was sie beschäftigte.

»Hmmm«, gab sie bestätigend zurück. »Ich kann mich einfach nicht auf Weihnachten freuen, wenn ich weiß, dass Ida und Helen nur aus Verpflichtung kommen werden und, im schlimmsten Fall, dass der Streit über die Feiertage erneut ausbricht. Was für eine Horrorvorstellung!«

Er hob ihre Füße vom Stuhlkissen, setzte sich und legte sie auf seinen Oberschenkeln ab. »Und ein Fest ohne Ida kommt für dich natürlich nicht in die Tüte.«

»Na, für dich etwa?«

»Maxie, sie ist erwachsen. Sie trifft ihre eigenen Entscheidungen.«

»Aber nicht das Weihnachtsfest! Und sie würde aus dem falschen Grund fernbleiben! Wenn sie eine Reise unternehmen würde oder wenn sie allein mit ihrem Freund sein möchte, dann okay. Aber wenn sie nur wegbleibt, um Olli aus dem Weg zu gehen, dann bricht mein Herz! Und Luis kann seine Schwester nicht sehen!«

Er massierte ihre Füße und sah sie mitfühlend an.

»Liebling, kann ich irgendetwas tun? Soll ich mit Ida sprechen?«

»Nein, ich mach das selbst.«

»Soll ich dich begleiten?«

Sie zog ihre Füße weg, erhob sich und setzte sich auf seinen Schoß. Ihre Hand fuhr in sein Haar und verwuschelte es ein wenig. »Nicht nötig. Ich weiß noch nicht genau wie, aber ich bekomme das wieder hin. Ich schwöre dir, ich werde Olli erwürgen, dafür, dass er mir das angetan hat. Aber erst nach Weihnachten!«

»Bevor du ihn erwürgst, denk bitte daran, dass er gerade zwei Betriebe gleichzeitig führt: die Schreinerei und zusätzlich noch das Hotel, was für ihn auch kein Tagesgeschäft ist. Er trägt eine Menge Verantwortung. Da müssen Ida und auch Helen mal wegstecken können, dass er Manager ist und nicht der gut gelaunte Onkel Olli, den sie von Familienfeiern kennen.«

Sie griff nach einem Stuhlkissen, auf dem sie eben noch gesessen hatte, und schleuderte es ihm vors Gesicht. »Herrje! Das ist ja so klar, dass die Männer wieder einmal zusammenhalten!«

»Aber ich habe doch recht«, beharrte er.

»Ja, hast du, geh weg!«

Er lachte und statt zu gehen schlang er seine Arme fest um sie. »Ich weiß, es ist deine kleine Ida, die du hier eigentlich verteidigst. Und ich liebe dich dafür, dass du wie eine Löwin für deine Kinder kämpfst! Und ich bewundere dich dafür.« Er küsste sie sanft. »Ich denke, du wirst gar nicht so viel Arbeit haben, Ida und Helen zu besänftigen.«

Das hoffte Maxie auch.

Es war Zeit, sich das Weihnachtswunder zurückzuholen.

Morgen würde sie nach Köln fahren.

9. Dezember

Mit einer Tüte frischer Brötchen im Arm stand sie also nun im Hauptbahnhof der Domstadt. Vor ihr fuhren die ewig neu aus dem Boden wachsenden Stufen der Rolltreppe zur U-Bahn hinunter. Reisende drängten an ihr vorbei, schoben Koffer fast über ihre Füße. Sie sollte sich dem Strom anschließen und in die nächste Bahn springen, doch sie überlegte es sich noch einmal anders, schlängelte sich durch die Menge und verließ stattdessen den Bahnhof.

Die beiden schlanken Türme des Kölner Doms ragten majestätisch und ausnahmsweise einmal gerüstfrei in den Himmel, und Maxie befand sich bereits auf der Hälfte der breiten Treppe am Fuß des Haupteingangs, bevor sie überhaupt nachdenken konnte. Eine kleine Kerze für Beistand von oben konnte nicht schaden, und so stand sie Minuten später im stillen Inneren der mächtigen Kirche.

Sie suchte sich eine leere Bank, lockerte ihren Schal und legte die Brötchentüte neben sich. Dann ging sie ihren Plan noch einmal in Gedanken ganz genau durch. Völlig versunken zuckte sie erschrocken zusammen, als sich eine Hand auf ihre Schulter legte.

»Wenn du Gott schon frische Brötchen zur Besänftigung mitbringst, muss dein Problem ja immens sein.«

Der Besitzer der wohlbekannten Stimme rutschte neben ihr in die Bank.

»Jacques, Herrgott im Himmel, du erschreckst einen zu Tode! Was machst du hier?«, flüsterte Maxie.

»Danke für den unverdienten Titel, aber gerade hier im Dom verzichte ich lieber darauf.« Er knöpfte seine Steppjacke auf. »Olli bat mich, dich vom Bahnhof abzuholen. Aber dann habe ich nur noch deinen Kondensstreifen gesehen und bin dir hinterhergerannt. Seit wann hörst du nicht einmal, wenn ich deinen Namen rufe? Ich bin schon ganz heiser!«

»Du Ärmster! Wie soll ich denn in dem Gewühl da draußen hören, wenn mich jemand ruft?«, zischte sie.

»Ich soll dir das hier noch für Ida und Helen mitgeben.« Er fischte einen Umschlag aus der Jackentasche. »Diesen Brief hat er heute Morgen geschrieben; das Gelingen deiner Mission liegt ihm sehr am Herzen.«

Sie griff nach dem Umschlag, doch er zog ihn weg. »Die beiden sollen den Brief lesen, bevor du überhaupt irgendetwas sagst.«

»Was denn, nicht einmal einen Guten Morgen darf ich den beiden wünschen?«

»Das natürlich schon.« Er händigte ihr den Umschlag endlich aus.

»Wenn ihm so viel daran gelegen ist, warum hat er den Umschlag nicht selbst abgegeben?«, raunte Maxie, stocksauer, dass sie nun auch noch den Postboten spielen sollte.

Jacques schnalzte leise mit der Zunge. »Na, da du dich freiwillig gemeldet hast, die Sache in Ordnung zu bringen, wollte er dich der Aufgabe nicht berauben.«

»Ich habe mich *freiwillig* gemeldet?!?«, zischte sie. »Sag mal, geht's noch?«

Jacques stand auf. »Jetzt lass uns mal nicht mit Kleinigkeiten aufhalten. Ich muss zur Schule, gleich habe ich die 2A in Mathe.«

»Dann kannst du dir ja sicher ausrechnen, wie ich mich fühle.« Maxie stand ebenfalls auf.

Jacques drückte ihr kurz den Arm und nickte aufmunternd. »Du packst das. Die Familie steht hinter dir!«

Dann ließ er sie allein.

»Die Familie kann mich langsam mal.« Maxie ging zum Kerzenstand in der Nische links vom Haupteingang. Ziemlich unschlüssig, ob sie in der richtigen mentalen Verfassung für ein Gebet war, drehte sie die kleine weiße Kerze zwischen ihren Fingern.

Sie liebte ihre Familie, aber Ollis Clanchef-Getue ging ihr gerade mächtig auf den Keks! Sein mangelndes Feingefühl gerade in dieser Sache hatte Maxie bereits zwei Nächte Schlaf gekostet! Schlaf, den sie so dringend nötig hatte! Ihn hätte es nur eine Entschuldigung gekostet, vier kleine Worte.

Sie warf einen Blick zum kleinen Altar.

»Kerzchen bekommst du ein anderes Mal von mir. Okay?«, flüsterte sie fast unhörbar.

Und wieder legte sich eine Hand auf ihre Schulter. Sie fuhr herum. »Was willst du denn jetzt schon wieder?«, grollte sie etwas lauter, als es an diesem heiligen Ort angemessen gewesen wäre, und blickte in das freundliche Gesicht des Domschweizers.

»Oh! Die Brötchen! Hätte ich beinahe vergessen!« Kleinlaut und mit hochrotem Gesicht nahm Maxie die Bäckereitüte entgegen.

Warum konnten manche Menschen eine einzige Augenbraue heben? Er jedenfalls konnte es. »Ich wollte Ihr Zwiegespräch nicht stören.«

Sie lächelte entschuldigend. »Na ja, ich war eigentlich schon fertig.«

»Haben Sie eine Antwort erhalten?«

Maxie nickte. »So in etwa. Ich habe Klarheit bekommen.«

Der Domschweizer nickte ebenfalls. »Das ist oft Antwort genug.«

Mit diesen Worten im Ohr, neu gewonnener Einsicht und der Brötchentüte in der Hand stand sie eine halbe Stunde später vor der Wohnungstür ihrer Tochter.

Statt des höflichen Guten Morgens trat sie über die Türschwelle, versuchte sich im Vorbeigehen den langen Wollschal auszuziehen, wobei sie sich fast erwürgte, und erklärte: »Also, Ida, wenn du zur Familienweihnacht nicht kommst, dann komm ich auch nicht!«

Ida sah sie mit großen Augen an. »Du kommst nicht zur Burgweihnacht, Mama?«

»Nein, wenn du nicht kommst, will ich auch nicht.«

»Aber ich will doch!« Ida räumte einen der Küchenstühle für sie frei. Sie lachte wie irre. »Ich bin doch nicht so doof und verzichte freiwillig darauf!«

Nun erschien auch Helen in die Küche. »Wer verzichtet hier auf die Burgweihnacht?! Morgen, Maxie! Wussten wir, dass du kommst?«

Ida ließ die frischen Brötchen aus der Tüte in einen Brotkorb purzeln. »Na, Mama will nicht in die Burg kommen!«

»Will ich doch!«, widersprach ihre Mutter. »Aber wenn ihr nicht geht, dann geh ich auch nicht!«

Ida sammelte fast unmerklich einen BH von einem der Küchenstühle auf und ließ ihn hinter ihrem Rücken verschwinden. »Du musst aber kommen, Mami! Ohne dich will ich doch nicht Weihnachten feiern!«

Maxie war mittlerweile total durcheinander; war das wieder der Schlafmangel?

»Kann ich vielleicht erst mal einen Kaffee haben?«, bat sie. »Und könnt ihr mir dann mal erklären, warum ihr jetzt doch kommt?« Sie rieb sich die Augen.

Helen kümmerte sich sofort um die Kaffeebestellung. »Maxie! Was denkst du? Natürlich sind wir dabei!«

»Seid ihr etwa nicht mehr sauer auf Olli?«

»Doooch!«, bekräftigte Ida. »Aber wir wissen doch, wie er ist. Manchmal muss man einfach mit ihm zusammenkrachen, weißt du doch selbst! Das bringt uns aber doch nicht dazu, an Heiligabend allein hier in unserer kleinen Wohnung zu hocken, während in der Burg alle einen Riesenspaß haben!« Sie legte den Kopf schräg, so wie sie es schon als kleines Kind getan hatte. Es sah so niedlich aus!

»Wer soll denn dann den Baumkuchen machen, wenn nicht wir?«, fragte sie.

Helen stellte Maxie eine dampfende Kaffeetasse vor die Nase. »Es reicht schon, dass ich im letzten Jahr gleich nach Heiligabend gleich ins Flugzeug springen musste«, sagte sie. »Dieses Jahr lassen wir es richtig krachen.«

106

»Aber so was von!«, bekräftigte Ida.

Helen nickte und schüttelte gleich darauf den Kopf. »Tante Maxie, du bist sicher die Einzige, die glaubt, dass wir so wahnsinnig nachtragend sind.«

»Irrtum«, stellte Maxie klar und kramte in ihrer Tasche. Wo war er denn? Diese Handtaschen ähnelten manchmal einem Schiffscontainer. »Ich habe sogar von Olli einen Brief, den ich euch übergeben soll. Ich weiß nicht, was da drinsteht, aber er hat mir heute Morgen sogar seinen Schergen auf den Hals gehetzt, damit ich das Schreiben rechtzeitig bekomme, hier … für euch!«

Sie reichte den weißen Briefumschlag über den Tisch.

Ida schnappte ihn Helen weg, riss ihn auf und entfaltete ein einzelnes Blatt. Helen – dicht neben ihr – grinste, als Ida zitierte:

»*… und wenn Maxie sich nicht darum gerissen hätte, wäre ich persönlich gekommen, um euch das zu sagen!*«

Ihre Mutter fuhr sich mit den Händen in die Haare und stöhnte. »Was für ein Blödsinn! Ich habe mich nie darum gerissen! Er verdreht vollkommen die Tatsachen!«

Helen zog sich mit dem Fuß einen Stuhl heran und setzte sich. »Vielleicht sollten wir auch einmal die Tatsachen für ihn verdrehen …«, sinnierte sie.

»Wie meinst du das?« Ida legte den Brief wieder zusammen und hockte sich auf den letzten freien Stuhl in der kleinen Küche.

»Deine Mutter ist bisher die Einzige, die weiß, dass wir nicht nachtragend sind. Aber das müssen wir ja nicht …«, Helen griff nach einem Brötchen und schnitt es auf, »aan de grote klok hangen.«

Versonnen riss sie das fluffige Innere aus der oberen Brötchenhälfte und steckte es sich in den Mund.

Maxie verstand sofort, was sie meinte. »Du willst ihm einen Denkzettel verpassen?! Das ist eine guuuuute Idee!« Oh Mann, das war eine megagute Idee!

»Aber er ist dein Chef, Mami«, gab Ida zu bedenken.

Maxie grinste verschmitzt. »Da sag ich doch: Augen auf bei der Personalwahl! Einen kleinen Streich hat er sich verdient. Soll er ruhig auch mal eine Nacht schlecht schlafen! Was meint ihr?«

10. Dezember

Ich nehme an, du kommst mit guten Nachrichten aus Köln zurück?« Olli lehnte im Türrahmen ihres Büros.

Sie sah auf, blickte ihn ungefähr fünf Sekunden schweigend an und senkte dann ihren Kopf wieder über einen Anzeigenentwurf für die Zeitung. Sollte er doch im Ungewissen bleiben!

Er rückte näher.

»Du hast doch mit den beiden gesprochen?«

»Hmm.« Maxie blieb absichtlich vage.

Er stand jetzt genau vor ihrem Schreibtisch, griff nach dem Deckel ihres Laptops und klappte ihn zu, sodass sie blitzschnell ihre Finger wegziehen musste.

»Maxie!?!«

Sie verzog keine Miene. »Ja, ich war da«, antwortete sie ruhig. »Ich habe ihnen deinen Brief übergeben und mit Engelszungen geredet, nachdem ich zwei Nächte nicht geschlafen hatte, weil du zu stolz warst, selbst die Kohlen aus dem Feuer zu holen.«

»Ach komm schon, du bist doch für solche Aufgaben prädestiniert!«

Sie stieß einen verächtlichen Ton aus und verschränkte die Arme trotzig. »Du hast mich geschickt, weil du ganz genau weißt, dass ich Himmel und Hölle in Bewegung setzen würde, damit Matthias und ich an Weihnachten nicht auf Ida verzichten müssen.«

Er hockte sich auf eine freie Ecke des antiken Schreibtischs. »Und? Haben sich Himmel und Hölle bewegt?«

»Ich weiß es nicht. Die beiden wollen es sich überlegen.«

Enttäuscht nahm er einen Schluck aus dem Kaffeebecher. »Ich dachte, du wärst erfolgreicher«, gab er zu.

»Du bist unmöglich, Olli!«

»Aber du magst mich, Maxie. Und deswegen verstehen wir uns so gut.«

Maxie schüttelte bedächtig den Kopf. »Ich kann mir selbst nicht erklären, warum ich dich mag. Du bist eine echte Herausforderung!« Sie seufzte. »Natürlich steh ich hinter dir, du arbeitest hart, du bist ein total loyaler, fairer, ehrlicher Chef, Kumpel, Freund, Schwager – such dir aus, was dir am besten gefällt.«

»Freund, Maxie, Freund gefällt mir am besten.«

Nun konnte sie ihr Lächeln nicht weiter zurückhalten.

»Das ist schön. Ja, wir sind Freunde, Olli. Aber dann verhalte dich auch wie ein Freund, und kümmere dich mal selbst um die Dinge, die du verbockst. Lass mich doch nicht darum zittern, ob ich mein Mädchen zum Fest bei mir habe. Du weißt schließlich, wie wichtig mir das ist!«

Er nickte.

»Und, Olli, zeig Helen deinen Respekt dafür, dass sie hier eingesprungen ist. Sie arbeitet hier für die Familie – für dich – und steht jeden Morgen in aller Herrgottsfrühe auf. Dabei hatte sie für Dezember ganz andere

Pläne, nachdem sie so lange fort war! Sie wollte in aller Ruhe mal Urlaub machen und ein bisschen Freizeit genießen!«

Er nickte wieder zustimmend.

»Sie war insgesamt drei Jahre im Ausland, sie ist jung! Vielleicht würde sie auch mal gern mit ihren Geschwistern und Freunden durch die Clubs ziehen, statt immer nur zu arbeiten.«

Maxie legte den Kopf zur Seite, ganz genau wie Ida das immer tat, und fuhr fort: »Und was ist eigentlich mit Jacques?«

Olli sah auf.

»Hast du dir mal einen etwas früheren Feierabend gegönnt, damit du mit ihm gemeinsam zu Abend essen konntest?«, fragte Maxie. »Ich glaube nicht. Dabei unterstützt er dich von uns allen am meisten.«

Olli zog die Augenbrauen zusammen. »Hat er etwas gesagt?«

»Nein, jedenfalls nicht zu mir. Aber du machst seit Jahren dein Ding. Schreinerei und Hotel und Stammtisch und ab Januar bist du dann fast jedes Wochenende im Karneval unterwegs. Du steckst das weg, weil es dir Spaß macht, du arbeitest unglaublich viel, um dir das alles zu gönnen. Aber stecken deine Beziehungen das auch weg? Deine Freunde? Und vor allem deine Ehe? Verlangst du nicht manchmal ein bisschen zu viel?«

Nachdenklich erhob sich Olli und blieb etwas abgewandt vom Schreibtisch stehen. Dann verließ er – sehr langsam – den Raum, ohne zu antworten.

11. Dezember

Olli blieb nachdenklich. Den ganzen Donnerstag über war er still und in sich gekehrt gewesen und auch heute, am Freitag, kam er nur ein einziges Mal zu Maxie herüber, beschränkte sich auf kurze Fragen und verschwand dann gleich wieder, ohne sich auch nur ein einziges Mal nach Neuigkeiten von Helen und Ida zu erkundigen.

Maxie sah ihm nach.

Auf dem Weg zurück durch die Lobby blieb er stehen, schob langsam die Hände in die Hosentaschen und betrachtete eine Weile die Porträts am Treppenaufgang. Dann senkte er den Blick, malte mit dem Fuß eines der Karos im Teppichmuster nach und schlenderte zurück in Carlos' Büro.

Als Maxie sich am Rezeptionstresen mit einem belgischen Ehepaar unterhielt, öffnete sich die Tür des Chefbüros wieder. Olli trug Mütze, Jacke und Schal und ging nur mit einem kurzen Gruß an die Gäste nach draußen. Vom Fenster aus beobachtete sie etwas später, wie er in einvernehmlichem Schweigen mit Pelle zusammen Schnee schippte.

Es war schon ein bisschen merkwürdig, aber da er nicht beleidigt schien, vermutete Maxie, dass ihre Worte ausnahmsweise auf fruchtbaren Boden gefallen waren.

Da Pelle mit einer widerspenstigen Zimmertür beschäftigt war, machte sich Maxie am Nachmittag selbst auf den Weg ins Lager, um Leergutkisten zu zählen. Olli kam ihr auf den unebenen Steinstufen aus dem Gewölbekeller entgegen.

»Ah, Maxie, ich war gerade im Weinkeller. Erwarten wir vor Weihnachten noch eine größere Gesellschaft?«

»Nein, wieso? Übers Wochenende kommen zwei Familien mit Kindern, kommende Woche sind wir nicht komplett ausgebucht, aber keine größeren Gruppen, nein.«

Er brummte zufrieden. »Hat Erik schon für die Weihnachtstage zugesagt?«

»Wie immer. Und wie immer hat er betont, dass es für Marita und ihn eine Ehre sei zu kommen, auch wenn er gar nicht zur Familie gehört, sondern nur der Koch ist.«

»Was soll das? Er ist mein bester Freund; er war doch immer dabei!«

Maxie zuckte mit den Schultern. »Er möchte damit sicher ausdrücken, wie sehr er sich freut.«

»Das ist gut.«

Damit schien die Sache erledigt. Er ging an ihr vorbei, drehte sich aber auf der obersten Stufe noch einmal um. »Irgendwelche Absagen für die Familienweihnacht?«

»Bisher nicht.«

Er nickte ernst. »Ich bin jetzt gleich weg. Wir sehen uns Montag wieder. Schönes Wochenende.«

Als er gegangen war, sah Maxie auf die Uhr.

Es war erst halb drei.

12. Dezember

Nicht so schlimm, Helen«, log Ida, zog die Tür hinter sich zu und ließ damit all ihre Zukunftspläne im Frederik's zurück.

Da standen sie nun bei klarem Himmel und Temperaturen knapp über dem Gefrierpunkt im Hof des Nobelrestaurants.

Helen starrte auf ihre Fußspitzen. »Es ist meine Schuld.«

»Ja. Stimmt.«

»Ich habe mich provozieren lassen.«

»Ja. Stimmt.«

»Es tut mir voll leid, Ida.«

Ida tätschelte ihrer Cousine den Arm. »Wir konnten nicht wissen, dass er ausgerechnet hier auftaucht, wenn wir zur Probe arbeiten. Ich habe gesehen, wie es in dir hochgekocht ist, als er dich ständig bei der Arbeit gestört hat.«

Der Lieferwagen eines Delikatessengeschäfts bog von der geschäftigen Hauptverkehrsstraße in den Hof ein, wo die beiden noch immer vor dem Hinterausgang herumstanden. Nun gab Helen sich einen Ruck und setzte sich in Bewegung.

»Ich hätte ihn aber nicht anschreien dürfen«, meinte sie über die Schulter.

Ida holte sie ein. »Du hast ihn nicht direkt angeschrien. Aber du kannst ihn natürlich auch nicht aus seiner eigenen Küche schmeißen.«

»Nein, ich glaube, ich habe ein kleines Aggressionsproblem in letzter Zeit.«

Schweigend liefen sie nebeneinander über den breiten Gehsteig, wichen anderen Passanten aus und schlugen Bogen um Baugerüste und abgestellte Fahrräder. Autos und Motorräder zogen laut an ihnen vorbei, ein Fahrradfahrer brüllte einem silbernen Porsche etwas Obszönes hinterher. Die Straßenbahn zog sich wie eine pummelige Schlange über die nächstgelegene Kreuzung.

Sie waren beide überrascht gewesen, als Lukas von Ackeren aufgetaucht war. Doch noch schlimmer war gewesen, dass er sich an Helen festgebissen hatte, sie über ihre Zeit in Dubai ausfragte und mit den Arbeitsmitteln spielte wie ein Kind mit Förmchen im Sandkasten. Dabei hätte sie sie eigentlich zum Backen gebraucht und musste sie immer wieder abwaschen.

Und dann hatte er den Fehler begangen, ihre halbfertige Patisserie ungefragt zu probieren. Da war sie ausgeflippt und hatte ihm klipp und klar mitgeteilt, dass entweder er die Küche verlassen musste oder sie würde gehen.

Es war natürlich klar gewesen, wie das ausgehen musste.

So hatten sie nun beide – Ida aus Loyalität – im wahrsten Sinn des Wortes das Handtuch geschmissen und das Gourmetrestaurant verlassen.

In schweigendem Einverständnis bogen sie in die nächste Nebenstraße ab, überquerten die vor ihnen liegende Grünanlage von Sankt Michael und standen schon bald vor Pauls Brauhaus.

Dieser freute sich aufrichtig, die beiden zu sehen.

»Wie lief's denn?« Er stellte ihnen zwei Getränke auf den Tresen, erst dann bemerkte er, dass etwas nicht in Ordnung zu sein schien und es dauerte nicht lange, da wusste er Bescheid.

»Das war's also«, schloss Ida sachlich. »Jetzt müssen wir uns neu erfinden.«

»Na, na, so schlimm wird's ja wohl nicht sein.«

»Doch!«, bekräftigte Ida. »Helen hat erst mal *gar* keinen Job, es sei denn, sie nimmt wieder ein Angebot im Ausland an, und ich werde wohl meine Chefin anflehen, mich weiter zu beschäftigen, bis ich etwas Neues gefunden habe, denn eigentlich konnte sie mich schon nach der Ausbildung im Herbst nicht übernehmen, und jetzt ist Dezember! Kacke!«

»Wir müssen die Miete aufbringen!«, jammerte Helen.

»Wir müssen essen!«, krächzte Ida, und mit Blick auf die beiden XXL-Tassen vor ihrer Nase fügte sie hinzu: »Ich kann mir diesen Cappuccino gar nicht leisten!«

Paul verdrehte die Augen. »Ihr seid eingeladen.«

Nach einer geschlagenen, sehr deprimierenden Stunde erhob sich Helen.

»Ich gehe nochmal zurück und entschuldige mich. Dann gibt er dir vielleicht noch eine Chance, Ida.«

»Nee, das finde ich doof. Was soll ich da ohne dich arbeiten? Ich würde die ganze Zeit nur daran denken, wie dieser Idiot dich provoziert hat. Wir finden eine andere Lösung. Ich kaufe jetzt Spaghetti und dann müssen wir

uns heute Abend eben einen neuen Masterplan zurecht-
legen. Du hast doch sowieso schon mehrere Angebote.«

Ida schob sich vom Barhocker. Helen nicht. Sie ließ
den Kopf nach vorn fallen, sodass ihr weißblondes Haar
wie ein Vorhang über ihr Gesicht fiel. Ein Seufzer entfuhr ihr aus tiefster Seele.

»Ich will diesen ganzen Stress nicht mehr. Ich will
nicht mehr woanders wohnen und mich beweisen müssen. Kann ich denn nicht einfach nur backen?«

13. Dezember

Olli schob die Papiertüte ganz weit ans Ende des Kleiderschranks und schloss dessen Tür, als er Schritte auf der Treppe hörte. Eine knarzende Diele verriet, dass Jacques nicht auf dem Weg zum Büro, sondern auf direktem Weg zu ihm ins Schlafzimmer war.

Mit drei großen Schritten erreichte Olli das Giebelfenster und gab sich Mühe, es so aussehen zu lassen, als schaue er schon eine ganze Weile interessiert hinaus. Jacques schob sich neben ihn und sah ebenfalls auf die hell erleuchteten Häuser des Viertels.

»Ich dachte, du wolltest dich umziehen, bevor du gehst.«

»Ich bleibe zu Hause.«

Überrascht zog Jacques die Augenbrauen hoch. »Doch keine Vorstandssitzung?«

»Nein, ich habe das Treffen ins neue Jahr verschoben, ich dachte, wir öffnen eine gute Flasche Wein und machen es uns gemütlich.«

Jacques lachte ungläubig. »Ist das wahr? Soll ich uns was kochen?«

»Wär' schön! Ich such den Wein aus und komm dann in die Küche.«

Jacques ging und pfiff dabei eine Melodie, und schon kurze Zeit später hörte Olli ihn euphorisch in der Küche hantieren. Er selbst verweilte noch ein paar Minuten lächelnd im Schlafzimmer. Die Hände tief in den Hosentaschen versenkt schlenderte er hinterher.

In einem anderen Viertel der Stadt lagen vier Füße in dicken Stricksocken auf einem Küchentisch. Deren Besitzer trugen Pyjamas und kritzelten eifrig auf Blöcken herum. Im Hintergrund dudelte Weihnachtsmusik von Brings so leise, dass man es kaum hören konnte.

Ida kaute auf dem Ende ihres Bleistifts und summte ein Stück von »Leise rieselt der Schnee« mit, bis Helen aufsah und lächelte. Sie hatte immer das Gefühl, Ida sei ihre kleine Schwester. »Kein Fetzen Musik, den du nicht mitsingen kannst, was?«

»Wie weit bissn du?«, fragte Ida. »… weihnachtlich glänzet der Wald …«, summte sie, »mhmhm, Christkind kommt bald!«

»Gleich fertig. Ich könnte das Hotel in Straßburg nochmal anrufen. Da war es schön, aber es ist auch weit weg. Dann musst du dir schon wieder eine Mitbewohnerin suchen. Allein bekommst du die Miete nicht zusammen.«

»Mach dir keine Sorgen darum.« Ida selbst machte sich sehr wohl Sorgen darum. Ihre letzte Mitbewohnerin war nicht nur mund-, sondern auch putzfaul gewesen. Sie hatte ihr die Untermiete schon nach wenigen Wochen gekündigt.

Gestern Abend, nachdem sich ihre Wege nach dem Besuch bei Paul getrennt hatten, war Helen doch noch wie versprochen zum Frederik's zurückgegangen, hatte Lukas von Ackeren jedoch nicht mehr angetroffen.

Helen war deswegen sehr geknickt. Wieder und wieder war sie heute Morgen mit Ida die Situation durchgegangen, doch sie waren und blieben beide der Meinung, dass er sich einfach unmöglich verhalten hatte und der Ausgang daher unvermeidlich gewesen war.

Zu wissen, dass selbst bei positivster Betrachtungsweise die Situation nicht hätte verhindert werden können, machte es ein kleines bisschen besser für Helen. Und so hatte sie von Ackeren so an die hundertmal verflucht und Ida beim Frühstück versprochen, eine andere Lösung zu finden und nur noch nach vorn zu sehen.

Fernziel war und blieb, so bald wie möglich einen gemeinsamen Arbeitgeber zu finden, möglichst in der Nähe von Köln, möglichst in einem Hotel oder einer Konditorei, deren Niveau erheblich über Kantinenküche lag. Das Savoy stand dabei ganz oben auf ihrer Liste.

Am Abend war Helen wieder verabredet. Ida wusste nicht, ob das angesichts der Lage wirklich eine gute Idee war, jeden Abend unterwegs zu sein, doch sie ließ sie, hatte Helen doch nach drei Jahren Abwesenheit unglaublich viele Freunde, die sie treffen wollte. Außerdem schien es Helens Laune zuträglich zu sein, und Aufmunterung konnten sie bei Gott im Moment gut gebrauchen.

Ida selbst hatte es sich stattdessen auf dem Sofa mit einer Kanne Tee und einer Schüssel Popcorn gemütlich gemacht, als es an der Wohnungstür klingelte.

Durch den Spion sah sie auf Pelles blonden Schopf und öffnete.

»'n Abend, Ida. Lust auf ein Kölsch?«, fragte er. »Ich bin von morgen bis Weihnachten wieder in der Burg beschäftigt und wohne bei deinen Eltern, da dachte ich, den letzten Kölner Abend verbringe ich vielleicht mit dir?!«

Ida kniff die Augen zusammen. »Warum mit mir?«

Er sah ihr nicht in die Augen und fuhr sich mit der Hand durchs Haar. »Na ja, Maxie schickt mich eigentlich.«

»Meine Mutter?«

»Sie bittet dich und Helen zurückzukommen. Außerdem sagt sie, es gäbe da etwas, das ich wissen sollte.«

Hä? Ihre Mutter hätte sie doch selbst anrufen können, um sie zu bitten, wieder in der Burg einzuspringen!

Das war doch Kuppelei!

Und da fiel Ida wieder ein, was gemeint sein könnte. Durch das Dilemma gestern beim Probearbeiten hatte sie es total vergessen. Natürlich musste Pelle schnellstens eingeweiht werden!

»Sie meint unseren kleinen Rachefeldzug gegen Olli!«, erklärte sie und winkte ihn endlich herein. »Kannst du ein Geheimnis für dich behalten?«

Pelle verdrehte die Augen. »Wie lange kennst du mich jetzt, Ida?«

»Seit dem Kindergarten?« Sie kicherte. »Wir haben immer die Butterbrote getauscht, weißt du noch?« Sie winkte ihm. »Na gut, dann komm mit in die Küche.«

Er folgte ihr und sie konnte förmlich hören, wie er grinste, als er ihr versicherte: »Ich verspreche auch, kein Wort über deinen peinlichen Schlafanzug zu verlieren.«

Sie drehte sich nicht um und vermied es tunlichst, darüber nachzudenken, wie ihre Rückseite in Flanell aussehen mochte, straffte stattdessen die Schultern und steuerte aufs Sofa zu, für das in der Wohnküche noch ein Plätzchen abgefallen war. »Nun, ich wüsste auch nicht, was es gegen Häschen mit Weihnachtsmützchen zu sagen gäbe.«

14. Dezember

Maxie hatte die halbe Nacht mit Matthias diskutiert, ob es wirklich weise sei, den Personalbestand der Burg noch einmal durch Helen und Ida zu verstärken, statt einfach eine Stellenausschreibung zu starten und die beiden – wie Matthias sehr resolut betonte – ihr eigenes Ding machen zu lassen.

Die Diskussion hatte in einer handfesten Auseinandersetzung geendet, woraufhin Maxie mal wieder keinen Schlaf gefunden hatte.

Dass sie heute Morgen mit lediglich zwanzig Minuten Verspätung ihren Computer hochfuhr, verdankte sie zwei riesigen Tassen extrastarken Kaffees auf nüchternen Magen und dem Verzicht auf ein ordentliches Frühstück.

Sie kümmerte sich um den Check-out eines netten Ehepaares, als Olli die Lobby betrat, die Gäste in ein abschließendes Gespräch verwickelte, ihnen mit dem Gepäck half und dann zu ihr zum Bruchsteintresen zurückkehrte.

»Ich habe eine kleine Extraaufgabe für dich, Maxie.«

»Kein Problem, schieß los!« Sie hängte den Schlüssel ans Brett und war dann ganz bei ihm.

»Ich weiß, dass es für dich kein Problem ist. Zugegeben, es bedarf eines geringfügigen Aufwands, aber es wird dir sicher Freude bereiten!«, säuselte er.

»Soll was heißen: *geringfügiger Aufwand?*«, fragte sie, um mehr zu erfahren, aber er ließ sich nicht aus der Reserve locken.

»Lass uns doch beim Mittagessen darüber sprechen. Wir treffen uns im Restaurant um Punkt zwölf!«

Getrieben von Hunger, aber mehr noch von Erwartung fand sich Maxie – bewaffnet mit Stift und einer Kladde – Schlag zwölf im Restaurant ein, wo Olli sie zu einem etwas abseits gelegenen Tisch führte. Normalerweise aßen sie in der Küche bei Erik, also schien es ein Gespräch zu sein, das ein wenig Privatsphäre erforderte. Noch bevor sie bestellt hatten, kam er zur Sache, diesmal weniger blumig, dafür mit einer überraschenden Neuigkeit:

»Ich werde die Hochzeitsfeier mit Jacques nachholen.«

Mit diesem einen Satz hatte er Maxies volle Aufmerksamkeit. »Wann?!«

»Wann, Maxie … was fragst du? An Heiligabend natürlich, wenn die ganze Familie sowieso hier ist!«

»Wow! Ich werde verrückt!« Sie schlug das Heft auf und sah ihn erwartungsvoll an. »Dann schieß mal los! Und bitte so, dass ich mitkomme.«

Er tat ihr den Gefallen. »Du weißt ja, wie unsere Hochzeit verlief.«

Maxie konnte sich nur allzu gut erinnern. »Ihr hattet euch gerade das Ja-Wort gegeben.« Sie bekam eine Gänsehaut. »Und dann kam der Anruf, dass es in der Schreinerei brennt. Und ihr beide seid mit allen Männern sofort aufgebrochen.«

»Um zu sehen, wie die Feuerwehr unseren Familienbetrieb ertränkt hat. Es war alles ruiniert. Die Schreinerei ... und unsere Hochzeit.«

Er drehte mit zwei Fingern seinen Platinring und schürzte die Lippen. Dann fuhr er fort, ernsthaft wie selten.

»Hör mal, Maxie, ich habe darüber nachgedacht, was du mir gesagt hast. Jetzt sieh mich nicht so an. Ich habe wirklich nachgedacht! Jacques hat mich gerade in dieser Zeit noch mehr unterstützt als sonst.«

»Wärst du nicht so ein Arbeitstier, hättest du die Werkstatt nicht so schnell aufbauen können.«

»Immerhin haben wir jetzt die modernsten Maschinen«, grinste er, kam aber gleich darauf wieder auf den Kern ihrer Besprechung. Mittlerweile hatten sie bestellt.

»Du hattest recht mit dem, was du gesagt hast, Maxie: Jacques hat mehr verdient. Er verdient nämlich eine richtige Hochzeitsfeier, mit allem Drum und Dran. Ich möchte ihm das zur Weihnacht schenken, und die ausgefallene Hochzeitsreise holen wir auch nach. Wir könnten gleich nach Weihnachten aufbrechen und bis Anfang Januar bleiben, bevor für Jacques die Schule anfängt. Unsere Burg ist dann nur für die Familie da: Ihr macht euch eine schöne Zeit, und ich fahre mit ihm endlich nach Florenz!« Er sah sie erwartungsvoll an. »Was sagst du?«

Olli in dieser privaten Sache so entschlossen den Kurs wechseln zu sehen, ließ Maxies Herz vor Freude hüpfen. Sie mochte Jacques so sehr! Obwohl er Olli seinen Karneval und seine Hingabe für den Familienbetrieb und seit mehr als zehn Jahren auch die Burg gönnte, wusste sie als seine beste Freundin, dass er sich das Leben mit dem dynamischen Energiebündel Oliver Kirschbaum auch anders vorstellen könnte.

Ruhiger. Mit mehr gemeinsamer Zeit und vielleicht auch mal einem Urlaub.

»Das ist ein wunderschönes, ausgefallenes und sehr romantisches Geschenk, Olli. Aber Florenz im Winter?«

»Ja natürlich! Er möchte die ganzen Museen sehen!«

»Okay, was kann ich tun, um dir zu helfen?«

Während sie zu Mittag aßen, erklärte er ihr im Detail, was er sich ausgedacht hatte. Heimlich hatte er bereits einen Anzug gekauft (was für ihn sicher die schwierigste Aufgabe von allen gewesen war, da er sonst nie allein shoppen ging).

Er hatte das damals geplante Menü noch einmal herausgesucht, kramte es aus seiner Jackentasche und schob den Zettel über den Tisch. Außerdem hatte er unter einem Vorwand restlos alle Termine für die Dauer der geplanten Hochzeitsreise abgesagt, und sichergestellt, dass die Verwandtschaft und enge Freunde vollzählig anreisen würden. Das alles hatte er bereits allein bewerkstelligt, ohne dass irgendjemand etwas bemerkt hätte.

»Maxie, ich weiß, es ist eine Herkulesaufgabe, eine solche Feier in nur neun Tagen aus dem Boden zu stampfen. Bitte vergiss allen Ärger, den ich dir gemacht habe und bitte – *bitte!* – organisiere für mich eine Familienweihnacht inklusive Hochzeitsfeier.«

Sie lächelte. »Du weißt, ich mag Herausforderungen.«

»Du hast freie Hand, solang es ein paar Parallelen zu unserer ersten Hochzeit gibt. Du kennst sowohl Jacques als auch mich gut genug. Und bitte verrate mich nicht!«

Er schluckte. »Kannst du bitte auch dafür sorgen, dass Helen und Ida wenigstens am Heiligen Abend hier sein werden? Zur Hochzeit muss ich sie einfach dabeihaben.«

Er hatte kaum etwas gegessen, der Arme. Eine Schande um das edle Rumpsteak, das appetitlich vor ihm auf dem Teller lag.

Maxie beuge sich vor und strich ihm über den Unterarm. »Gott, was für eine schöne Nachricht, ich fange gleich an zu weinen! Und ich freue mich so darauf, das Fest für dich – für *euch* – zu organisieren! Du kannst dich natürlich auf mich verlassen, das wird wunderschön!«

Er prostete ihr mit einem alkoholfreien Bier zu. »Auf die Freundschaft, Maxie!«

»Nein«, korrigierte sie und erhob ihr Wasserglas. »Auf die Liebe, Olli!«

»Und die Familie!«

15. Dezember

Am Dienstagnachmittag so um die Kaffeezeit waren alle Hauptbeteiligten, außer Jacques natürlich, eingeweiht und fieberten mehr noch als sonst den Weihnachtsfeiertagen entgegen. Bei Olli hingegen lagen plötzlich die Nerven blank, nun, da die Katze aus dem Sack war, alles um ihn herum in froher Erwartung war, er sich jedoch zu Hause nichts anmerken lassen durfte.

Es war verabredet worden, dass alle Kommunikation einzig und allein über Maxie laufen solle, denn es würde Jacques nicht weiter auffallen, wenn sie in Köln anrief. Das passierte schließlich öfter.

Codewort für die Hochzeit war *Steuerprüfung*, ein Thema, das Jacques hinreichend langweilig fand, um nicht weiter nachzufragen.

Als Olli an diesem Abend nach Hause kam, erwartete ihn somit ein Zettel auf dem Küchentisch mit der Kurznachricht: *Maxie zurückrufen wegen Finanzamt.*

Olli verzog sich ins Büro und kassierte sogleich einen Anschiss.

»Sag mal, warum bist du denn nicht mehr mobil erreichbar, ich musste schon wieder bei dir zu Hause anrufen! Das ist nun schon das zweite Mal kurz hintereinander, dass ich deinem Mann was von Steuerprüfung vorgeflunkert habe. Da wir den ganzen Tag schon zusammen im Hotel arbeiten, ist das ziemlich unglaubwürdig, dass ich abends unbedingt bei dir privat anrufen muss, findest du nicht?!«

»Ich habe mir Schuhe gekauft«, zischte er. Er sah zur angelehnten Bürotür und sprach etwas lauter. »Für die Steuerprüfung, weißt du?!«

Jacques steckte den Kopf durch die Tür. »Ich hoffe, du hast keine krummen Dinger gedreht. Was für eine Unverschämtheit, die Leute vor Weihnachten mit so einem Mist zu belästigen!«, meinte er, brachte Olli ein Glas Wein und schloss dankenswerterweise die Tür von außen, sodass sich Ollis Puls wieder beruhigen konnte.

Später beim Aufräumen der Küche stellte Jacques noch einmal Ollis Nervenkostüm auf die Probe. »Ein Wort zu Weihnachten, Schatz.«

Der Angesprochene wandte sich elektrisiert zu ihm um. »Ja?«

Jacques zog das Weinglas aus dem Spülwasser und stellte es auf den Ablauf.

»Was ist mit Weihnachten?«, verlangte Olli zu wissen.

»Kein Grund so gestresst dreinzuschauen! Du bist in letzter Zeit ein bisschen dünnhäutig.« Jacques nahm ein Küchentuch und rieb das Glas gewissenhaft trocken.

»Das kommt dir nur so vor, was ist denn nun mit Weihnachten?«

»Ich weiß, wir schenken uns in der Familie immer die gemeinsame Zeit. Es gibt für niemanden etwas zum Auspacken, dafür bringt jeder fünf Tage mit, an denen wir in aller Ruhe das Jahr ausklingen lassen können.«

»Ja, ich weiß! Ich habe die Regeln aufgestellt. Worauf willst du hinaus?«, fragte Olli wachsam.

»Nun, in diesem Jahr würde ich gern eine Ausnahme machen und dir eine Kleinigkeit schenken. Jetzt sieh mich nicht so misstrauisch an! Es ist wirklich nur etwas sehr Kleines, aber da wir uns nun mal alle darauf geeinigt haben, dass wir nichts mitbringen, wollte ich dir vorher Bescheid geben.«

Er stellte das Glas ins Regal. »Es ist eigentlich sowieso etwas für uns beide, also kein Grund, shoppen zu gehen. Und es ist auch nichts Dingliches.«

»Nichts Dingliches, aha.«

Jacques nickte bestätigend. »Ich möchte dich auch nur informieren, damit wir an Weihnachten keinen Streit bekommen.«

»Du tust gerade so, als wäre ich ein Pulverfass.«

Aus Jacques' Kehle drang ein undefinierbares Geräusch. »Na, wer würde wohl so etwas über dich behaupten?«

16. Dezember

Helens lange Beine baumelten mal wieder über die Lehne des Sessels in Maxies Büro. Ida hockte sich aufs Fensterbrett, wo sie es jedoch nicht lange aushielt. Sie schauderte vor Kälte, sprang herunter und schob Helens Bein zur Seite, damit sie sich auf die freie Lehne setzen konnte.

»Aber nur, bis wir in Köln eine neue Stelle gefunden haben, Mami!«

Maxie nickte zutiefst erleichtert. Olli hatte Maxie bei den Verhandlungen freie Hand gelassen, Hauptsache, sie rettete das Familienfest. »Das bedeutet, ihr arbeitet im Hotel. Und zwar wenigstens so lange, bis unsere eigene Konditorin aus der Reha zurück ist. Und bei der Hochzeit von Olli lasst ihr mich nicht hängen!«

»Deal!« Helen zeigte ihr schönstes Lächeln und hielt die Hand hoch.

Maxie beeilte sich einzuschlagen. »Deal. Die Konditorei gehört also ab heute wieder euch!«

Sie kamen überein, dass Helen und Ida nicht nur ein festes Gehalt, sondern auch Bahntickets erhielten, wann immer sie nach Feierabend nach Köln fahren wollten. Maxies Angebot, bei ihr und Matthias im Bauernhaus zu übernachten, wollten sie nur gelegentlich annehmen.

Helen jedenfalls war in diesem Punkt sehr entschieden: Abends wollte sie, so oft es ging, zurück in Köln sein.

Maxie verstand sehr wohl, dass sie nach Jahren mit wechselnden Wohnsitzen nun endlich mal ankommen wollte und die Nähe zu ihren Eltern und ihren Geschwistern ihr wichtig war.

Sie wusste auch, dass Ida die Rückkehr ihrer Cousine lange herbeigesehnt hatte, und verzichtete deswegen schweren Herzens darauf, ihre Tochter zu überreden, bei ihr und Matthias zu wohnen.

Also zückte sie ihr Klemmbrett mit den schneeweißen, jungfräulichen Notizzetteln, schrieb schwungvoll STEUERPRÜFUNG auf die obere Hälfte und setzte sich auf ihren Schreibtisch: »Kommen wir also zu Ollis Hochzeitsfeier …«

Und während sie unter Hochdruck Pläne schmiedeten, während Erik in der Hotelküche die Einkaufslisten zusammenstellte, während Pelle nach einem anstrengenden Tag im Gästezimmer von Maxies Bauernhaus die Schuhe abstreifte und Luis sich mit den letzten Hausaufgaben des Jahres herumschlug, machte sich jemand auf den Weg ins kleine Dorf Meerberg, zum Burghotel, in dem er hoffte, einer der talentiertesten Konditorinnen zu begegnen, die ganz nebenbei auch die aufregendste Frau war, die er jemals getroffen hatte.

17. Dezember

Kleine Schneeflöckchen, so zart wie Feenstaub, schwirrten durch die Luft und legten sich auf die langen Äste der riesigen Fichte im Burghof. Es war jahrelang im Dezember nicht mehr derartig kalt gewesen, und obwohl es wolkenverhangen war, hatte sie auf die Mittagspause mit den anderen verzichtet, verließ mit einem Sandwich in der Tasche das Hotel, um ganz allein eine Runde ums Dorf zu drehen.

In ihren warmen Tweedmantel eingepackt marschierte sie auf hart gefrorenen Feldwegen am Waldrand entlang und versuchte, den Kopf klarzubekommen.

Was sollte sie nur tun?

Die Hände voller Mehl, hatte sie am Vormittag ein ganz unerwartetes Telefonat mit der Personalchefin des Frederik's geführt, an dessen Ende sie einen Termin für den Abend vereinbarten. Was genau das zu bedeuten hatte, war Helen noch nicht ganz klar, sicher war jedoch: Das Spiel war noch nicht verloren. Bevor sie die Spielregeln jedoch nicht kannte, wollte sie Ida nicht einweihen, und so hatte sie sich für die Mittagspause auf diesen Marsch begeben, ohne groß die malerische Umgebung wahrzunehmen.

Straßburg hatte schon zugesagt, aber wollte sie nach Frankreich?

Wollte sie andererseits für von Ackeren arbeiten?

Alle erwarteten von ihr Höchstleistungen, aber wollte sie überhaupt noch in einem Sternehotel arbeiten oder in einem weiteren hochklassigen Restaurant ...wie dem Frederik's?

Sie hatte es Ida versprochen. Es war ihr Plan seit so vielen Jahren!

Auch die Arbeit in der Burg war schön. Aber die Burg stand nun mal nicht in Köln, im Gegensatz zum ... Frederik's.

Nun ja, wenn man dort auch Ida einen Job anbot, vielleicht würde sie dann doch zusagen. Acht Uhr heute Abend! Verdammt spät für ihr Empfinden, aber die Dame hatte keinen früheren Termin angeboten.

Acht Uhr.

Das bedeutete, sie hatte noch sieben Stunden, um sich darüber klar zu werden, was sie selbst eigentlich wollte.

Nach einer Runde ums Dorf zurück am weit geöffneten Burgtor wusste sie es jedenfalls noch nicht.

Die Lichterkette über dem Haupteingang erhellte das trübe Mittagslicht, nicht jedoch Helens Stimmung, die sich zusehends verschlechterte. Sie fühlte sich wie in einem Eiskanal in einen Weg gepresst, aus dem sie nicht mehr ausbrechen konnte.

Sie hielt sich außen am Türknauf der alten Eichentür fest, schlug ein paarmal die Füße leicht aneinander, um ihre Schuhe von Schnee und kleinen Kieselsteinen zu befreien, trat ein und wurde sogleich von Wärme und einem zarten Duft nach Zimt und Gebäck eingehüllt.

Die Plätzchenschale auf dem Tresen schien guten Anklang zu finden, stellte sie zufrieden fest.

Vor dem Kamin saß ein Gast, dessen Oberkörper fast vollständig von einer Tageszeitung verdeckt wurde. Bei ihrem Eintreten sank das Blatt, wurde raschelnd zur Seite gelegt und gab den Blick auf einen stämmigen Mann so um die vierzig frei, der nun offensichtlich genau das gefunden hatte, was er suchte.

»Du bist nicht einfach zu finden, de Vries!«

Nicht nur der unverkennbar niederländische Akzent verriet, wer er war.

»Joost!«

Der Mann erhob sich aus dem Ledersessel und entblößte eine Reihe strahlend weißer Zähne. Dann umarmte er Helen, die keinen größeren Gegensatz zu seiner dunklen Haut und dem schwarzen Haar hätte bilden können.

»Das gibt's doch nicht!« Helen war komplett aus dem Konzept gebracht. »Was für ein schöner Zufall!«

»Kein Zufall«, verneinte der Besucher. »Ich hätte dich nie hier vermutet, wenn deine Eltern mich nicht hierhin geschickt hätten. Stijn war äußerst kooperativ, als er wusste, warum ich dich suche! Hast du etwas Zeit für einen alten Freund?«

Maxie kam von der Rezeption herüber. »Vielleicht wollt ihr ins Restaurant gehen, Helen, die Küche ist noch eine halbe Stunde geöffnet.«

Die beiden sahen sich an. Der Gast runzelte die Stirn und war eher abgeneigt, ihm sei eine privatere Umgebung angenehmer. Und so nahm Helen ihn mit in die

Bar, in der um diese Uhrzeit keine Gäste anzutreffen waren. Auf dem Weg dorthin überschlugen sie sich beide mit Worten. Helen mit ihm in seiner Heimatsprache sprechen zu hören war ungewohnt, fand Maxie, aber natürlich fiel es Helen als halbe Niederländerin nicht weiter schwer.

»Warum will er denn mit ihr privat sprechen?« Ida stand plötzlich neben ihrer Mutter. Maxie kniff sie. »Hast du etwa gelauscht?«

Ihre Tochter verdrehte die Augen. »Sonst erfahr ich ja nix! Die Konditorei liegt ja nun schließlich am Arsch der Welt.«

»Ida!«

»Was ist das für ein Typ?« Auch Olli hatte anscheinend seine Augen und Ohren überall.

»Sagt mal, mit Diskretion habt ihr es wohl nicht so!«, rügte Maxie. »Helen wird es uns schon sagen, wenn sie möchte.«

»Himmel, Maxie«, empörte sich Olli. »Der Mann sieht aus wie der Sohn eines Kalifen, der hier extra aus den Emiraten eingeflogen ist. Hast du sein Auto gesehen?«

Als sie verneinte, zog er sie am Revers ihres Blazers zum Fenster. »Der schwarze, Maxie! Der ist größer als mein BMW, und die Uhr an seinem Handgelenk, die hat ein Vermögen gekostet!«

»Oh nein!« Ida bekam riesengroße Knopfaugen. »Er überredet sie, wieder mit nach Dubai zu kommen!«

»Sie hat ihn Joost genannt, das ist nicht gerade arabisch!«

Olli ignorierte Maxies Einwand. »Er wird sie heiraten. Sie wird seine vierte Ehefrau werden. Aber sie wird nicht in dieses Auto einsteigen! Ich werde es verhindern! Sucht schon mal die Nummer der Polizei raus.«

Maxie schüttelte vehement den Kopf; das schien ihr nun doch zu übertrieben. Jedoch beschlich auch sie – provoziert von Idas und Ollis Mutmaßungen – ein elendes Gefühl in der Magengegend.

Sie drückten sich eine Weile herum, sodass sie sofort mitbekamen, als Helen schließlich aus der Bar kam. Allein.

Olli fing sie ab und kam mit unerwarteten und beeindruckenden Neuigkeiten zurück.

»Das glaubt ihr nicht: Der arbeitet für das niederländische Königshaus!«

An diesem Donnerstag, nachts um halb zwölf, schälte sich Helen aus einem warmen Bett, das nicht ihres war.

»Warum willst du gehen, bleib doch!?« Verschlafen rieb sich der Mann neben ihr die Augen.

»Ich muss nachdenken. Ich würde dich nur stören, Liebling.« Mit einem bedauernden Blick auf seinen von der Decke nur halb bedeckten Körper zog sie ihren Pullover über und kämmte mit den Fingern die langen Haare glatt.

»Ich habe meine Gäste für dich im Stich gelassen.« Der Vorwurf kam mit einem schiefen Lächeln und war anscheinend nicht ganz ernst gemeint.

Helen küsste ihn sanft, wobei ihr weiches Haar um sein Gesicht fiel.

»Du musst sicher nicht gleich Konkurs anmelden, bloß weil du einen Tag mal nicht selbst im Lokal bist. Mach dir keine Sorgen, ich komme ja wieder.«

»Wann?«, gähnte er.

»Sobald ich eine Entscheidung gefällt habe. Versprochen ...« Sie ließ ihre Hand über seinen Dreitagebart gleiten, sah noch einmal bedauernd auf seinen nackten Körper, gab sich einen Ruck und ging.

18. Dezember

Leise schloss sie die Tür des Apartments auf und schlich auf Zehenspitzen zu ihrem Zimmer, um Ida nicht zu wecken. Es war halb eins in der Nacht. Irgendwann würde Ida sie fragen, wo sie sich die Nächte über herumtrieb.

Sobald sich die eine Tür geschlossen hatte, öffnete sich ebenso leise eine andere Tür und ein rothaariger Schopf erschien.

»Die Luft ist rein. Wenn man mich nicht besser kennen würde, könnte man mir einen liederlichen Lebenswandel vorwerfen«, flüsterte sie so leise, dass man es fast nicht verstehen konnte.

»Nicht mit deinem Pyjama! Wie viele hast du eigentlich von diesen Dingern?«

Ida sah liebevoll auf den Häschenstoff.

»War ’n Doppelpack«, hauchte sie.

Pelle grunzte etwas zu laut. »Verfehlt seine Wirkung nicht. Also, hast du dir alles aufgeschrieben? Ich will nicht, dass wir was vergessen, bis Heiligabend ist es schließlich noch ’ne ganze Woche.«

Sie nicke und scheuchte ihn ungeduldig hinaus ins dunkle Treppenhaus.

Dann räumte sie, so leise sie konnte, das Schreibzeug von ihrem Bett, ihren Kalender, eine To-do-Liste, auf die ihre Mutter sehr stolz gewesen wäre, und schob schlussendlich den Häschenpyjama samt Inhalt unter die Bettdecke. Sie fiel zwar nicht in den Schlaf, dafür aber in Grübeleien, auf die sie – für den Moment jedenfalls – gern verzichtet hätte. Sie grübelte über … Helen.

Ida bewunderte ihre Cousine, hatte sie immer getan und würde sie wohl auch immer tun. Ida selbst wurde zwar oft als mutig, selbstsicher und manchmal sogar draufgängerisch beschrieben, aber tief im Inneren ihres Häschenpyjamas wusste sie, dass sie so nur in ihrer eigenen Komfortzone auftrat. Hier in Köln oder zu Hause bei ihrer Familie und bei Menschen, die sie kannte und einzuschätzen wusste.

Helen jedoch hatte bereits in den Niederlanden, in Frankreich und wer weiß wo gearbeitet, bevor sie nach Dubai geflogen war, ganz allein. Sie kannte Leute, die ein Normalsterblicher nicht ansatzweise bis zur Rente kennenlernen würde und hatte anscheinend in all den Jahren Kontakt zu ihren Freunden in Köln gehalten, denn sie kam in letzter Zeit immer erst spät in der Nacht nach Hause.

Trotzdem lief sie fast über vor Energie, wie ein magischer Hexenkessel.

Wie machte sie das nur?

Und jetzt wohnten sie endlich zusammen und hatten auf die gemeinsame Arbeitsstelle gehofft. Aber irgendwie entwickelte sich die Sache nun nicht ganz so, wie sie es sich ausgemalt hatten. Die Stelle war zum Teufel, auch wenn Helen versuchen wollte, noch einmal mit Lukas von Ackeren zu reden.

Aber wie schon öfter in den letzten Tagen, hoffte Ida insgeheim – ohne mit irgendjemandem darüber gesprochen zu haben –, dass es Helen am Ende nicht gelang. Dass sich vielleicht eine andere Lösung finden würde.

Verglichen mit der Burg wirkte die Konditorei des Frederik's so viel professioneller! Perfekte Ausstattung, glänzende Arbeitsoberflächen und Arbeitskleidung mit Restaurantlogo am Kragen, konzentriertes Arbeiten, feinste Adresse, die Gästeliste! Der helle Wahnsinn!

Dagegen die Burg mit ihrer verwinkelten Backstube mit dem mindestens hundert Jahre alten Buffetschrank mit Tortenplatten, Manschetten, Gugelhupfformen, Blechen und Transporthauben, denen man ihre Jahre ansah. Die Küchentücher, die an den Rändern alle ausgefranst waren, eine der beiden Küchenmaschinen wanderte lustig über den blankgescheuerten Arbeitstisch, wenn man nicht aufpasste. Es war zwar gut ausgestattet, aber altmodisch verglichen mit von Ackerens Restaurant.

Aber es war nie still bei der Arbeit. Sie hörten Radio; sie sang fast den ganzen Tag. Mittags saßen alle gemeinsam zum Essen in der Großküche: Pelle und Maxie waren fast immer dabei, die Buchhalterin, die ein paarmal die Woche da war, manchmal eines der Zimmermädchen und sogar Olli, der beileibe nicht immer so aufbrausend war.

Vor Feierabend an der Rezeption vorbeischauen, ein Tee bei Mami, Spaziergang nach Hause. Fernsehen mit Luis, Rumalbern mit Papa.

Verdammt! Aber dafür war Helen nicht zurück nach Köln gekommen!

Sie hatten einen Plan, und wenn er funktionierte, war alles gut. Dann arbeiteten sie in einem Sternerestaurant. So! Eine schöne Aussicht für eine Jungkonditorin!

Ida zog sich die Bettdecke bis unter die Nase.

Aber zuerst einmal war in den nächsten Tagen ihr Platz in der Burg. Und das war für die nahe Zukunft ebenfalls eine sehr, sehr schöne Aussicht.

Die vorbeifahrende Straßenbahn ließ das Haus sanft vibrieren. Sankt Michael am Brüsseler Platz schlug zur vollen Stunde und Ida beschloss – ebenso wie ihre Cousine zwei Räume weiter –, dass es nun doch endlich Zeit war einzuschlafen.

19. Dezember

Für Maxies Geschmack hätte dieser Dezember ruhig ein, zwei Gesellschaften mehr, dafür jedoch weniger private Unruhen haben dürfen. Viel weniger!

Gestern, am Freitag, waren Ida und Helen mit extrem verschlafenen Augen bei der Arbeit erschienen. Sie schienen in Köln die Nacht zum Tag zu machen. Zum Glück produzierten sie trotzdem Kuchen, Törtchen und Gebäck fast wie am Fließband, deswegen hütete Maxie sich, die beiden darauf anzusprechen.

Bei allem, was im Verkauf in der Burgkonditorei landete, waren sowohl die Klassiker vertreten, wie zum Beispiel Bienenstich, als auch ganz neue Kreationen, für die Ida und Helen immer abenteuerlichere Namen erfanden. Nur bei den Cappuccino-Folterkammer-Schnitten schritt Maxie energisch ein, auch wenn die Konditorinnen den Namen anstandshalber ins Italienische übertragen hatten.

»Aber *Camera di Tortura Cappuccino* hört sich voll lecker an!«, rechtfertigte sich Ida, deren Handydisplay noch die italienische Übersetzung anzeigte.

»Nein! Auf keinen Fall! Das ist furchtbar!« Maxie war nicht kompromissbereit.

Helen hielt sich an der Arbeitsplatte fest, die Krümel

stoben vom Tisch wie im Orkan, während sie zwischen ihren Lachanfällen um Luft rang. »Bedenkt man die Kalorien, ist es wirklich Folter! Komm schon, Maxie, sei doch nicht so 'ne olle Spielverderberin!«

»Und *Tortura* hört sich auch ein bisschen wie Torte an!«, bekräftigte Ida.

Maxie kostete ein Stück der Folterschnitte … und hätte gleich drei davon verputzen können! Der Cappuccino war unverkennbar herauszuschmecken. Ein Traum! Aber was den Namen des Gebäcks anbetraf … keine Chance! »Auf keinen Fall drucke ich euch diesen schrecklichen Namen aufs Schild.«

»Was schlägst du also alternativ vor?«

»Cappuccino-Schnitte.«

Die beiden heulten auf wie Kleinkinder. »So was Langweiliges?! Nicht dein Ernst!«

»Cappucastello!« Triumphierend riss Maxie die Gabel hoch.

»Mami! Du Genie!«

»Dann gibt's für den ollen Bienenstich aber auch einen innovativeren Namen.« Helen nahm Ida das Handy aus der Hand und suchte eine passende Übersetzung.

»Mehiläisen Pisto.«

»Hä? Was soll das sein?«

»Finnisch. Bienenstich auf Finnisch …« Helen bekam einen weiteren Lachkrampf.

Das war dann der Zeitpunkt, an dem Maxie sich empfahl und zu ihrer Arbeit zurückkehrte. Hinter sich hörte sie das alberne Gegackere noch lange im Korridor nachhallen, musste selbst immer wieder lachen und schaffte

 144

es auch nicht, sich zusammenzunehmen, als sie schließlich die Rezeption erreichte.

Sie konnte sich so gut vorstellen, dass die beiden länger blieben! Sie passten perfekt hierhin!

Vielleicht würde sich ihr Abschied ja noch ein wenig verzögern … am besten gleich um einige Jahre, dachte Maxie und fand ihren Wunsch in diesem Moment überhaupt nicht egoistisch.

Am Mittwochabend, also schon in wenigen Tagen, würde das Hotel für dieses Jahr schließen und in die Weihnachtsferien gehen. Nur das Hotel, denn die dicken Mauern der Burg würden dann der geballten Energie der Familie standhalten müssen!

Und dann war da natürlich noch Ollis und Jacques' Hochzeitsfeier!

Dank ihrer gewissenhaften Archivierung von selbst unbedeutendsten Notizen war Maxie in der Lage gewesen, die ursprünglich geplante Feier bis ins kleinste Detail zu rekonstruieren.

Eine stilvolle Menükarte nach der anderen surrte leise aus dem Drucker, als Olli auftauchte, sich eine der Karten fischte und sie aufmerksam durchlas.

»Die sieht ja genauso aus wie damals!«, freute er sich.

Maxie zeigte ihm auch die Getränkekarten und die farblich darauf abgestimmten Platzkärtchen.

»Die Sitzplatzordnung musste ich etwas ändern; Carlos und seine Familie werden ja dieses Mal nicht hier sein, dafür bringt aber Helen jemanden mit.«

»Sie bringt einen Gast mit? Hat sie vergessen, dass es hier ein Familienfest ist?«

Maxie zuckte die Schultern. »Ich habe sie noch nicht fragen können, um wen ...«

»Du musst unbedingt herausbekommen, wer das ist, ich will hier nicht den Typen vom Königshaus dabeihaben, hörst du? Jacques ist die Hauptperson, ich kann meine Aufmerksamkeit an diesem Tag nicht einem Gast widmen.«

Maxies Hand fuhr intuitiv zu ihrem Herzen. »Das hast du aber schön gesagt!«

»Ja, dafür bin ich bekannt!«

»Bei wem?«, kicherte Maxie, deren Ausgelassenheit von vorhin wieder die Oberhand gewann.

»Jetzt lenk mal nicht ab«, meckerte er. »Wer könnte Helens Gast sein, hast du denn nicht die kleinste Vermutung? Ich muss das wissen!«

»Geh doch in die Konditorei und frag sie selbst.«

Abwehrend hielt er die Hand hoch. »Nee, nee, das ist *deine* Aufgabe. Ich soll ja vor Weihnachten keinen Streit mehr vom Zaun brechen, und daran halte ich mich.«

»Feigling!«

»Du hast gesagt, du kündigst, wenn ich Ärger mache und Ida deswegen vielleicht nicht zum Fest kommt. Das riskiere ich nicht! Du musst mich schon für sehr dämlich halten, wenn du das glaubst.«

Er verdrückte sich zur Tür. »Ich geh jetzt mal ein paar wichtige Telefonate erledigen, und du sorgst gefälligst dafür, dass meine Hochzeit läuft. Ich vertraue dir mein privates Glück an. Ich hoffe, du gibst alles!«

»Und mehr«, grinste Maxie.

Sie hatte nicht gleich die Zeit, das Geheimnis um den mysteriösen Gast zu lösen; auf jeden Fall musste diese

Tatsache auch bei der Zimmerbelegung berücksichtigt werden. Daran musste sie unbedingt denken! Sie krakelte eine kleine Notiz auf ihre Liste.

Das war ja so aufregend!

Bevor Olli seinen Arbeitstag am frühen Nachmittag beendete, bat er Maxie noch einmal um eine kurze Abstimmung. Sie schnupperte, als sie sein Büro betrat.

»Sag mal, was ist das für ein Wahnsinnsduft?«

Er zauberte die Papiertüte einer Kölner Parfümerie hervor. »Findest du's gut?«

»Ja! Das ist sogar sehr gut!« Sie kam näher an ihn heran, bis ihre Nase knapp über seinem Brustkorb schwebte. »Toll!«, schwelgte sie.

»Ich nehme ja so was normalerweise nicht, aber ich habe gedacht … weißt du für den Anlass …«, er druckste herum.

Maxie untersagte sich ein Lachen. Er war wirklich mit vollem Engagement bei der Sache, das musste man ja sagen! Sie wies auf den Schriftzug der schwarzen Verpackung. »Hast du's ausgesucht, weil du der BOSS bist?«

Er zog einen Mundwinkel hoch. »Das würdest du mir zutrauen, was? Nein, natürlich nicht. Es hat mir ganz spontan gut gefallen. Zur Sache jetzt bitte: Um zwei Uhr mittags geht es also los?«, vergewisserte er sich.

»So ist es!«, bestätigte Maxie. Die komplette Hochzeit stand. Das würde der furioseste Heilige Abend, den sie jemals in der Burg gefeiert hatten!

»Du weihst also Jacques kurz vorher ein, dann kommt ihr zusammen die Treppe runter und wir gehen zum

Sektempfang, dann die Rede, und dann läuft alles wie gehabt ...«

Sie schob ihm ihr Klemmbrett mit dem detaillierten Ablauf über den Tisch.

»Und da«, sie zeigte mit dem Finger auf eine Stelle auf der Liste, »da wird Ida singen.«

Olli rang einen Moment um Fassung. »Sie singt für uns?«

»Ja!« Maxie strahlte voller Stolz. »Euer Lied.«

Er sah zu Boden, schürzte die Lippen und nickte ein paarmal. Dann hatte er sich wieder im Griff.

»Ich finde es toll, dass du sie dazu überreden konntest!« Er atmete tief durch. »Weisst du, ich kann es kaum erwarten, Jacques die Feier auszurichten, die er verdient hat. Jetzt hast du es tatsächlich hinbekommen, in ein paar Tagen! Maxie, du bist ... du bist einfach die Beste!«

Sie freute sich mit ihm, öffnete ihre Arme weit und er zögerte nicht. Seine Umarmung presste ihr fast die Luft aus den Lungen. »Ehrensache!«, hauchte sie mit dem letzten Quäntchen Sauerstoff.

»Danke, liebe Freundin.«

Bevor sie bewusstlos wurde, ließ er sie los. Sie war sehr gerührt, dass er seine Dankbarkeit so nett auszudrücken wusste. Das war der Olli, den kaum jemand kannte, außer Jacques natürlich.

Aber es wäre nicht Olli, wenn er nicht noch eine Überraschung parat gehabt hätte.

»Da fällt mir ein, als du heute mal wieder nicht an deinem Platz warst, habe ich eins deiner Telefonate an-

genommen. Es war die alte Dame, die mit ihren Angestellten Anfang des Monats hier war.«

»Anneli Jahnke!?«

»Die isses wohl gewesen. Sie kommt am Dienstag-
abend.«

»Aber wir schließen doch!«

»Weiß ich wohl, aber sie hat was, was ich wirklich mag,
und ich möchte nicht, dass sie an Weihnachten allein ist.
Sie bleibt bis zum zweiten Weihnachtstag. Basta!«

»Olli! Eure Hochzeit!!!«

Er knöpfte in aller Seelenruhe die Mantelknöpfe zu.
»Genau, es ist *unsere* Hochzeit, da kann ich einladen,
wen ich will. Gib ihr ein Zimmer gleich im ersten Stock,
damit sie nicht so viele Stufen laufen muss.«

»Das letzte freie …«

»Ja. Warum sollte es leerstehen?« Er schnappte sich die
Tasche und ging ins Wochenende.

20. Dezember

Ich mag Überraschungen!«, sagte Maxie lahm, rieb sich die Augen und hoffte, dass das, was sich dort auf ihrem Wohnzimmerteppich befand, in Luft aufgelöst hatte, wenn sie wieder hinsah.

Funktionierte nicht.

»Du hasst Überraschungen«, berichtigte Jacques. »Und lügen kannst du auch nicht gut.«

»Ich weiß«, gab sie unumwunden zu.

Luis verstand überhaupt nicht, wo das Problem lag.

»Mama, das ist so cool!« Seine Aufregung schlug fast Funken. Auch sein Onkel Jacques sah voll Hingabe auf das kleine Weihnachtsgeschenk, das er hier vor Olli verstecken wollte.

»Aber Jacques!«, beschwerte sich Maxie und bemühte sich, nicht unfreundlich zu klingen. »Ich weiß echt nicht, wie ich das noch hinbekommen soll!«

»Nicht so laut, Maxie!«, mahnte ihr Schwager. »Nicht so laut …«

Sie flüsterte, so energisch sie konnte. »Ich hatte schon alles für unser Fest vorbereitet. Und ich brauche auch meinen Schlaf. Das hier«, sie deutete nach unten, »macht die Sache so kompliziert!«

Jacques kniete sich auf den Teppich neben das Objekt

der allgemeinen Verzückung, wandte jedoch sein schönes Profil noch einmal Maxie zu. »Das ist ja nun nicht die erste Burgweihnacht, die du organisierst. Ich finde wirklich, du stellst dich ein bisschen an. Es ist doch jedes Jahr das Gleiche … copy and paste, Maxie!«

Luis schoss seiner Mutter einen wissenden Blick zu. *Wenn der wüsste!*, sollte dieser Blick wohl heißen. Doch Luis war weise genug, seinen Mund zu halten. Stattdessen rutschte er langsam, ganz langsam auf den Knien neben den süßen Welpen, der auf dem Schurwollteppich vor dem Sofa schlief.

»Mama, du hast ganz bestimmt keine Arbeit damit, ich kümmere mich um ihn. Jacques hat mir schon genau erklärt, was ich tun muss.«

Maxie legte den Kopf in den Nacken. »Jede Nacht ein paarmal aufstehen, um den Hund rauszulassen, zum Beispiel?«, fragte sie die Deckenbalken.

»Ich verspreche dir, ich kümmere mich darum! Du wirst ihn gar nicht bemerken«, versicherte Luis ihr eindringlich. »Ich habe doch jetzt Ferien und jede Menge Zeit.« Seine Hand fuhr sehr vorsichtig über das hellbraune Fell des Welpen.

Maxie sah ihn lange an. »Nun, das ist auch die einzige Möglichkeit«, entschied sie daraufhin. »*Ich* kann mich nämlich nicht um ihn kümmern, auch wenn er total putzig ist.«

»Ja, nicht wahr?« Jacques erhob sich zögerlich, unwillig, das süße Tierbaby zu verlassen. »Dann sag ich schon mal Danke! Ihr müsst euch aber ganz streng an meine Anweisungen halten. Und wenn ihr mit ihm draußen wart, müsst ihr ihn loben!«

Lachend brach es aus Luis heraus: »Was denn, er wird fürs Kacken gelobt?«

Indigniert sah Jacques von ihm zu seiner Schwägerin. »Vielleicht kümmerst du dich doch besser selbst um Einstein.«

»Ausgeschlossen! Und wehe, er kackt auf meinen Teppich!«

Seufzend übergab Jacques ihr die Leine. »Ich wäre wirklich froh, ihr würdet in seiner Gegenwart nicht so vulgär daherreden. Er hat einen Stammbaum.«

»Einstein schläft«, stellte Luis fest. »Und einen Stammbaum kann er hier auch haben. Mit seinen kurzen Beinen nimmt er am besten gleich die Birke vorm Haus.«

Maxie nahm die Leine, das Spielzeug, das Kauohr, das sie etwas angewidert betrachtete, das Futter und eine Decke. Sie tröstete ihren Schwager, so gut sie konnte. »Es wird ihm hier gut gehen. Ganz sicher. Und es sind ja auch nur vier Tage, die der kleine Einstein bei uns verbringen wird. Er wird sich unseren verlotterten Wortschatz nicht merken können, wenn du gleich nach Weihnachten anfängst, ihm Goethe vorzulesen.«

»Du musst immer so übertreiben! Ich bin doch kein Snob!«

»Beweis mir das Gegenteil, Jacques.« Amüsiert gab Maxie ihm den Fressnapf zurück. »Das hier war ein Bauernhof, dein Hund ist nicht das erste Haustier, das wir hier aufziehen. Und einen Fressnapf brauchen wir deswegen auch nicht.«

Nachdrücklich gab er ihn ihr zurück. »Aber hier steht sein Name drauf und außerdem darf Olli keinen Verdacht schöpfen, deswegen bleibt der Fressnapf gefälligst hier! Einstein ist mein Weihnachtsgeschenk!«

»Verstanden!«, antworteten Luis und Maxie unisono.

Der Trennungsschmerz stand ihm förmlich ins Gesicht geschrieben, als er sie verließ. An diesem Sonntag klingelte das Telefon insgesamt neun Mal, und sowohl Luis als auch der Rest der Familie brachten sehr viel Geduld auf, um dem besorgten Jacques immer und immer wieder zu versichern, dass mit seinem neuen Familienmitglied alles in bester Ordnung war.

21. Dezember

So, nun war die Entscheidung gefallen. Die beiden großen Briefumschläge, schneeweiß mit dunkelblauem Logo und den markanten goldenen Sternen, lagen auf dem blank geputzten Küchentisch.

Ungeöffnet natürlich.

Sie standen reglos vor ihrer Post, wie die Heiligen Drei Könige vor dem Kind.

»Sollen wir einen Schnaps trinken, bevor wir sie öffnen?«, fragte Ida unsicher.

»Mmmmh«, Helen wusste selbst nicht, ob das ein Ja oder ein Nein bedeuten sollte. Sie hob den rechten Fuß und entfernte eine Rosine von der Unterseite ihrer Wollsocke. »Wäre vielleicht eine ganz gute Idee«, teilte sie unbestimmt mit und warf die Rosine ins Spülbecken, in dem sich noch das Geschirr vom gestrigen Abend stapelte.

»Vielleicht machen wir sie erst mal auf.« Ida zauberte von irgendwoher ein Brotmesser, nahm den an sie adressierten Umschlag und setzte das grobzackige Messer an. Der Wellenschliff zerfetzte das Papier und verteilte die Schnipsel überall auf dem Fußboden.

»Deins auch?« Auf Helens Nicken hin verursachte sie mit dem zweiten Umschlag das gleiche Massaker.

Helen nahm ihre Post entgegen und kaute auf ihrer Unterlippe herum. Das war wenig festlich, das hier. Dabei hatte sie in allen ihren Überlegungen und den Gesprächen, die sie geführt hatte, immer auch an Ida gedacht. Sie hatte so hart für sie beide verhandelt. Für Ida und sich selbst. Nie für sich allein. Es sollte sich anders anfühlen. Besser.

Die Stelle in Straßburg war schon lange ausgeschieden, sogar als Erstes. Das Elsass war zu weit weg, zu weit weg von … na ja, selbst wenn es nur eine Übergangslösung sein sollte.

Blieben zwei äußerst reizvolle Angebote, und Helen hatte dann letztendlich mit Lukas von Ackeren zu Ende verhandelt. Weil es ein Karrieresprung für Ida war; genau das, was sie bauchte!

Hinzu kam, dass Lukas – wahrscheinlich getrieben von seiner Produzentin – Helen nahezu täglich Nachrichten gesandt und damit einen immensen Druck aufgebaut hatte – zusätzlich zum knappen Zeitrahmen innerhalb dessen entschieden werden musste. Die Zeit drängte. Lukas drängte. Und Tessa brachte sich ebenfalls in Erinnerung, indem sie ihr von der Hochzeitsreise Mails sandte, um vom Konzept ihrer Show zu überzeugen.

Eine Wahnsinnsplattform, betonte Tessa immer wieder. Helen würde öffentlich bekannt werden, ganz neue Perspektiven haben!

Aber jedes Mal, wenn Helen darüber nachdachte, überkam sie eine Gänsehaut; vor Nervosität, vor Abwehr. Sie wollte das alles nicht, und trotzdem war beides miteinander verknüpft. Das Frederik's und die Show. Sie würde sie ruinieren … also Helen würde die Show verderben! Und vielleicht auch die Show Helen.

Hier lagen nun zunächst einmal ihre Arbeitsverträge, damit sie im Januar beide ihren Dienst antreten konnten, so wie sie es sich immer ausgemalt hatten. Alles, was Tessa und ihre Fernsehsendung anbetraf, musste noch geklärt werden.

»Helen!?«, unterbrach Ida ihre Gedanken. »Hörst du mir überhaupt zu?«

»Oh Gott, was hast du gesagt?«

»Das haben wir uns verdient!«, wiederholte Ida mit belegter Stimme und zog ihren Vertrag aus dem Umschlag. »Wow, sieh dir bloß dieses edle Papier an!« Sie blätterte durch die Seiten, ihr Blick blieb an einem Absatz hängen. »Ist ein bisschen mehr als mein bisheriges Gehalt.«

Sie drehte das Papier so, dass Helen die Zahl lesen konnte.

»Das sollte es auch sein, du bist gut, Ida!«

Sie war so froh, dass sie die hohen Gehälter ausgehandelt hatte. Auch hier, ganz besonders für Ida. Sie sollte zufrieden sein. Und Ida überglücklich. Zumindest von Letzterem war sie überzeugt, bis sie ihrer Cousine in die Augen sah.

»Kleines, was ist los?« Sie reckte die Arme motivierend in die Luft. »Yay! Unser Traum wird wahr!«

Ida schluckte. »Helen …«

»Hm?«

»Helen, ich muss dir was sagen. Ich weiß, wir haben uns immer gewünscht, zusammen zu arbeiten.«

»Das haben wir ja jetzt im Dezember auch schon getan. Und jetzt gehen wir einen Schritt weiter. Sterneküche!«

»Ich weiß«, flüsterte Ida. »Es ist supertoll! YAY, genau!« Sie hob den Kopf und sah Helen in die Augen. »Ich weiß, das Frederik's ist der richtige Platz für dich, du bist eine Starkonditorin, du brauchst High Class! Du musst dort arbeiten, wo die Sterne sind, weil du qualifiziert und erfahren und professionell bist! Du gehörst da hin, und ich … ich nicht.«

Im Treppenhaus polterte gerade jemand die Stufen hinunter. Dann war es wieder still. Helen sprach ganz leise. »Warum denkst du das?«

»Weil ich unsere kleine, verwinkelte und etwas rückständige Burgkonditorei mag«, gab Ida ebenso leise zu. »Weil ich es voll schön finde, wenn Mama zwischendurch auf einen Kaffee reinkommt und wir uns ein bisschen unterhalten. Weil ich die Atmosphäre liebe.« Nach einer Pause von zwei, drei Sekunden sprach sie freier. »Es kam mir vor, als wenn wir schon den ganzen Dezember – seit wir eingesprungen sind – unsere kleine Burgweihnacht haben.«

Immer schneller strömten die Worte aus Idas Mund, ihre Hände flogen dabei, um das Gesagte zu unterstreichen. »Weil ich Luis mal wieder sehe und Papa. Weil ich da aufgewachsen bin. Und weil, ich weiß nicht, weil es sich nach zu Hause anfühlt. Helen, ich möchte so gern dortbleiben, auch wenn die Burg keinen Stern hat und wenn das Gehalt nicht so hoch ist. Es tut mir so unendlich leid!« Sie atmete aus, als hätte sie seit Wochen die Luft angehalten. »Wirklich!«

Die Arme, sie rang mit sich; das schlechte Gewissen stand ihr ins Gesicht geschrieben. »Du bist jetzt sauer auf mich, Helen, und das mit vollem Recht! Ich weiß, ich hätte es dir schon früher sagen sollen, aber so richtig klar ist es mir erst vor kurzem geworden. Und wir haben doch so lange darauf hingefiebert, im Frederik's zu arbeiten, dass ich es nicht verderben wollte. Aber wenn ich das mache, Helen, wenn ich das mache, dann …«, sie sah kurz zur Zimmerdecke, »dann geh ich kaputt. Ich schwöre!«

»Ach, Ida!« Helen nahm ihre Cousine in die Arme, total erleichtert. Ihr Unbehagen, das sie wie ein mit Wasser vollgesogener Mantel eingehüllt hatte, rutschte ihr von den Schultern und verlieh ihr nach Tagen der Grübelei nach einer Lösung Leichtigkeit und plötzlich stellte sich dann doch etwas Feierliches ein.

Ja, die Entscheidung war gefallen, jedoch ganz, ganz anders, als sie es geplant hatte!

Sie hätte Ida viel früher einbinden müssen!

Wie dumm sie gewesen war!

Sie drückte ihr einen fetten Kuss auf die dichten roten Haare.

»Godzijdank!!!« Sie nahm Ida bei den Händen und begann zu hüpfen, zaghaft zuerst, dann immer wilder, sodass sie loslassen musste – ihre jüngere Cousine, ihre Verpflichtung, ihre vorbestimmte Zukunft, ihre kreisenden Gedanken. Sie war frei!

Ida verstand die Welt nicht mehr, sah, wie ihr großes Vorbild wie bekifft durch die Küche tanzte, und zog nur langsam ihre Schlüsse: »Heißt das, du willst auch nicht unterschreiben?«

Helen blieb abrupt stehen. »Nee! Aber weißt du was? Jetzt will ich *doch* einen Schnaps!«

Für den gleichen Abend noch verabredete sich Helen, nicht ohne Ida vorher verraten zu haben, wen sie denn nun mit zur Weihnachtsfeier bringen würde, woraufhin Ida fast vom Stuhl kippte.

Mit den Stäbchen ihrer süßsauren Reisvariation vom Chinesen erteilte sie Helen dann nach überwundenem Schrecken ihren Segen, versprach die Küche allein aufzuräumen und morgen früh zur Not erst mal die Frühschicht zu übernehmen.

»Ich weiß nicht, wie er dich angezogen hat, ich komm nicht drüber weg …«

»Aus!«, lachte Helen.

»Aus… was?«

»Ausgezogen!«

»Oh nein, Helen! Erspar mir die Details, ich will es nicht wissen.« Sie legte sich die Hände auf die Augen und wiederholte stur: »Grüne Blümchenwiese, ich sehe eine grüne Blümchenwiese, ich sehe …«

Helen schleuderte ihr die Handtasche gegen den Po, um das Mantra zu unterbrechen. »Genoeg! Geh spülen und übe dabei das Lied für Ollis Hochzeit, das bringt dich auf andere Gedanken!«

»Bis morgen früh im Hotel! Ich will ein glückliches, befriedigtes Lächeln in deinem Gesicht sehen!«

Und das nahm Helen dann auch beim Wort.

22. Dezember

Luis gähnte, zitterte und gähnte noch einmal, seine Zähne klapperten, während Einstein nicht so recht wusste, welches Bein er an der kahlen Birke heben sollte, und am Ende sein Welpenpipi wahrscheinlich ungewollt auf den Turnschuhen seines Hundesitters verteilte.

Zur gleichen Zeit klingelte im Schlafzimmer von Maxie und Matthias in Meerberg sowie bei Olli und Jacques in Köln und in einem Junggesellenschlafzimmer ebenfalls in Köln der Wecker. Die beiden ersten wurden ordnungsgemäß ausgeschaltet. Auf den dritten Wecker fiel ein dickes Kissen und erstickte das monotone Piepen.

»Mahlzeit, Helen!«

»Morgen, Olli!« Er hatte sie gleich am Eingang abgefangen; eigentlich hatte sie gehofft, sich ungesehen in den kleinen Korridor verdrücken zu können, der zur Konditorei führte. »Musst du nicht längst bei der Arbeit sein? Es ist immerhin der letzte Arbeitstag hier im Hotel und deine Cousine schlägt das Rad in der Backstube, weil wir zwei Firmen gleichzeitig zum Weihnachtsbrunch haben. Es ist neun!« Er sah auf seine Armbanduhr. »Neun Uhr siebzehn!«, betonte er noch einmal.

»Olli, kannst du mir mal bitte hier bei etwas behilflich sein?«, rief Maxie aus ihrem Büro.

Er ließ Helen stehen, die sich schleunigst verdrückte, und begab sich ins Büro hinter dem Rezeptionstresen.

»Was gibt's?«, grummelte er unwirsch.

Maxie legte den Kuli auf den Block und sah ihn vorwurfsvoll an.

»Was ist?!? Was schaust du mich so an? Sie ist zu spät bei der Arbeit, deine Tochter kommt kaum hinterher und in einer Viertelstunde stehen hier zwanzig Steuerberater und das komplette Kollegium der Schule, Maxie. Sie ist zu spät!«

»Du hast recht. Hat sich Ida denn bei dir beschwert?«, erkundigte sich Maxie.

»Nein! Ich bin nur durch Zufall in die Backstube gekommen und habe gesehen, dass sie wie eine Verrückte schuftet!«

Maxie lächelte. »So, so, der Zufall hat dich dorthin gebracht.« Sie stand auf und wischte ihm die Blätterteigkrümel vom Hemd.

»Ich wusste, dass Helen später kommt, deswegen habe ich Ida heute Morgen geholfen. Hätte sie mehr Unterstützung gebraucht, hätte sie mir Bescheid gegeben.«

Olli stand da wie ein kompletter Idiot. »Zu spät ist zu spät!«, beharrte er.

»Kann es nicht eher sein, dass du ein wenig nervös bist wegen übermorgen?«

Er machte eine wegwerfende Handbewegung. »Das ist doch nicht meine erste Hochzeit! Wie kommst du darauf?«

»Nun, mein Lieber, weil du wie ein wildes Tier durchs Haus läufst und alle Angestellten verschreckst.«

»Wie kannst du nur so ruhig sein, Maxie!?«, stöhnte er nun gequält auf. »Wir haben nur noch achtundvierzig Stunden, bis ich Jacques den zweiten Antrag mache. Was ist, wenn er einfach Nein sagt?«

»Besteht denn die Gefahr?«, fragte Maxie besorgt. »Ist etwas vorgefallen?«

»Ich habe ja nie Zeit für ihn, und in den letzten Tagen ist er so komisch. Er telefoniert ständig und zieht dabei die Tür zu!«

Maxie wusste nur zu gut, mit wem Jacques die heimlichen Telefonate führte. Luis hatte ihr geschworen, dass – wenn das so weiterginge – er sein Handy in die Mülltonne schmeißen würde, um seinem Onkel keine Berichte mehr über Einsteins Ess- und Verdauungsverhalten geben zu müssen. Außerdem wollte er neue Turnschuhe!

Aber wie sollte sie diesen nervösen Riesen in ihrem Büro beruhigen? Sie griff auf eine alte Technik zurück, die sie bei ihren Kindern jahrelang erfolgreich angewendet hatte. Wie mit einem Kind sprach sie nun auch mit ihrem fast fünfzigjährigen Schwager.

»Sieh mal, Olli, es ist bald Weihnachten! Das Christkind ist unterwegs, da gibt es so manches kleine Geheimnis, und das ist doch das Schöne an dieser Zeit, oder nicht?«

»Nein, nicht!«, beteuerte Olli. »Er wird noch NEIN sagen und dann steh ich da. Was soll ich denn ohne ihn machen?!«

Maxie drückte seinen Arm. »Denk nicht einmal daran. Das wird nicht passieren! Und es wird das schönste Weihnachtsfest, das du jemals gehabt hast. Alles wird gut. Du musst nur aufhören, hier alle verrückt zu machen. Gibt es denn nicht irgendwas, was dich ablenken könnte?«

»Ich könnte mal in die Schreinerei fahren. Da war ich am Wochenende das letzte Mal!«

»Nein!«, entfuhr es Maxie. In der Schreinerei wurde gerade eine übergroße Hundehütte für den winzigen Einstein gebaut. »Das ist überhaupt keine gute Idee! Wir brauchen dich hier für …«, sie war einen Moment verlegen um Worte. Ihr Blick fiel durchs Fenster auf den Burghof, der sich mit Gästen füllte; einer davon war Luis' Klassenlehrer. »Wir brauchen dich für die Gäste! Zur Begrüßung!«

Olli ließ sich hängen. »Das machst *du* doch normalerweise!«

»Ja, aber ich habe keine Lust, von Herrn Walkenbach auf Luis' schlechte Noten angesprochen zu werden. Sei ein Held und nimm mir das ab, und nach dem Brunch möchten die Damen und Herren sicher gern eine Burgführung!«

Ritterlich, wie er war, nahm Olli diese Aufgabe an und stapfte hinaus. Er war kaum raus, da rauschte Matthias mit seinem Sohn ins Büro.

»Schatz, wir wollten dir nur persönlich sagen, dass alles wieder in Ordnung ist. Der Arzt hat ihn Erbrechen lassen, da ist das Ding wieder rausgekommen.«

Luis zog fürchterliche Grimassen, die seinen Vater unbeeindruckt ließen.

Maxie stand sofort wieder vom Schreibtisch auf und wollte ihren Sohn genauer unter die Lupe nehmen. »Was für ein Ding, Luis? Was hast du verschluckt?«

»Doch nicht Luis!«, stellte Matthias richtig. »Einstein! Du hast doch eben mit Mama telefoniert?!« Er sah von Luis zu Maxie und wieder zurück.

»Nee, ich habe mit Oma gesprochen, die kennt sich auch mit Hunden aus! Wir wollten es doch vor Mama geheim halten, schon vergessen?« Luis entfernte sich vorsichtshalber ein paar Schritte von seinen Eltern.

»Mist, dann hätte ich ihr ja gar nix sagen brauchen!«, meckerte Matthias.

»Was hat Einstein denn nun verschluckt?«, verlangte Maxie zu wissen.

Matthias und Luis waren plötzlich stumm wie die Fische.

»Schlimm genug, dass ihr nicht gut genug auf ihn aufgepasst habt. Was zum Teufel hat er gefressen? Luis?!«

»Einen Dübel.«

Matthias strafte ihn mit einem todbringenden Blick. »Weil Luis die Tür offen gelassen hat.«

»Weil Jacques mich schon wieder angerufen hat!«, verteidigte sich der Beschuldigte.

Maxie stöhnte. »Wo ist denn Einstein jetzt?«

»Im Auto.«

Sie legte die Handflächen wie zum Gebet aneinander und sah Matthias flehend an. »Bring Einstein nach Hause, und wenn er sich auffällig verhält, dann ab mit euch zurück zum Tierarzt. Kein Wort über die Geschichte zu deinem Bruder, Matthias! Kein einziges

Wort! Jacques bindet uns allen Betonklötze ans Bein und versenkt uns bei lebendigem Leib im Rhein, wenn wir Einstein um die Ecke bringen.«

»Schatz!« Matthias war begeistert von der Fantasie seiner Frau. »Was für Einfälle du hast!«

»Ihr bringt mich ins Grab!«

»Ich liebe dich!«

»Ich dich auch.«

»Wenn ihr mit eurer Knutscherei fertig seid, können wir dann vielleicht wieder fahren, Papa?! Bevor der süße kleine Einstein auf den Rücksitz pinkelt.«

23. Dezember

Im Burghof wirbelte ein Windstoß eine Reihe Ahornblätter auf und trieb sie in einer kleinen Windhose im Kreis herum. Das Burgtor war fest verschlossen und hinter den unzähligen Fenstern leuchtete um diese Uhrzeit kein Licht.

Zu dieser frühen Morgenstunde, zu der praktisch noch Nacht war, rollte ein Kombi auf den Parkplatz, fuhr unter dem Rundbogen aus Bruchstein hindurch und parkte zwischen den Fahrzeugen der Familie, die gestern Abend angereist war.

Die Scheinwerfer erloschen, während im Burghof das kleine Licht einer Taschenlampe kurz aufflackerte. Helen fand den Weg zu dem kleinen Durchlass in der Mauer, der nur mit einer schmiedeeisernen Gittertür verschlossen war. Für den kurzen Weg hatte sie keinen Mantel übergezogen, daher klapperten ihre Zähne bereits nach den ersten Schritten an der frischen Luft und übertönten fast das Klimpern des Schlüsselbunds.

»Da bihist du ja, Liehibling!«

»Helen! Wie kannst du bei vier Grad unter null im Pyjama rauskommen. Bist du des Wahnsinns?«

»Fffrag ich mich auch gerahade«, zitterte sie zurück.

Er stellte die Tasche ab, zog seine Jacke aus und legte sie ihr um die Schultern. Die Jacke roch himmlisch nach seinem Aftershave und entschädigte sie für sein spätes Erscheinen. Dann fühlte sie seinen Arm um sich und sein unrasiertes Kinn kratzte über ihre Wange.

Den Anzug, den er – noch in der Folie der Reinigung – mit der freien Hand hielt, nahm sie ihm erst nach einer kleinen Ewigkeit im dunklen Burghof ab, fasste ihn an der Hand und ging voran.

»Komm mit, ich zeige dir den Weg zu unserem Zimmer.«

»Oh Gott, ich bin vielleicht aufgeregt«, flüsterte er, während sie die Schlüssel wieder zurück in die Schublade an der Rezeption legte und einen Schalter betätigte, woraufhin die vielen kleinen Kerzchen am großen Weihnachtsbaum im Hof wieder aufleuchteten. »Da sollte man wirklich mal eine Zeitschaltuhr dranhängen. Wer braucht um diese Uhrzeit schon einen beleuchteten Tannenbaum?«

Sie überlegte kurz und schaltete die Beleuchtung wieder aus. Währenddessen sah sich ihr Gast neugierig in der Lobby um.

Das Feuer im Kamin glühte nur noch, doch das warme Licht der Nachtbeleuchtung war hell genug, um sich in den silbernen Kugeln der Tannengirlande zu brechen, die sich am Treppengeländer hochwand.

»Komm mit! Es ist so schön, dass du es noch geschafft hast!« Helen nahm ihn bei der Hand und zog ihn die Stufen hoch in den ersten Stock. Die Lichtreflexe in den Weihnachtskugeln führten sie wie Irrlichter.

»Oh Gott, mir wird ganz schlecht. Du wirfst mich deiner Familie zum Fraß vor!«, raunte er.

Sie drückte seine Hand und führte ihn weiter über den karierten Teppichboden bis zu ihrer Zimmertür, die sie so leise wie irgend möglich öffnete. Trotzdem knarzte eines der Scharniere leicht. Doch da es schon weit nach zwölf war, hoffte Helen, dass sie die benachbarten Zimmer nicht aufweckte.

»Komm rein, Liebling! Wir sind doch auch nur Menschen!«, flüsterte sie.

»Ja, aber was für welche!«

Nicht allzu früh am gleichen Morgen erwachte Zimmer für Zimmer zum Leben. In der Burgküche band sich Ollis Mutter die Schürze um und stellte die zweite Kanne unter den Automaten. Es war Gott sei Dank noch das gleiche Modell wie im Vorjahr! Nachdem sie im letzten Jahr erst gelernt hatte, wie die vielen Displays zu bedienen waren, war sie fasziniert davon, wie viele Variationen von Kaffee man damit innerhalb von Minuten herstellen konnte.

Gleich nach ihr traf Maxie ein. »Guten Morgen, Margarethe! Hast du gut geschlafen?«

»Sehr gut! Ich vergesse immer, wie ruhig es hier ist!«

»Ja, das ist es, und es liegt nicht nur an den dicken Mauern!« Maxie griff nach einem Porzellanbecher. »Mmmh … du bist wunderbar! Du hast schon Kaffee aufgesetzt!«

Maxie griff nach der Kanne und goss sich selbst und Margarethe ein. Sie stellte auch gleich einen dritten Kaffeebecher dazu, da nun auch Matthias angerückt kam.

Dieser klemmte sich gleich ein Küchenhandtuch in den Hosenbund, fand die größte Pfanne im Regal und eine Riesenpackung Würstchen im Kühlschrank.

»Die übliche Menge?«, verlangte er zu wissen.

Ollis Mutter nickte.

»Ein Wunder, dass gestern alle noch heil hier angekommen sind«, meinte sie. »Dieser Eisregen gestern Abend wäre nicht nötig gewesen, oder?«

Maxie war der gleichen Ansicht. »Himmel! Das hätte ganz schön schiefgehen können! Gott sei Dank sind alle früh genug losgefahren. Dafür hatten wir uns die vielen Drinks nach dem Abendessen verdient!« Sie sah sich staunend um. »Sagt mal, wer hat eigentlich in der Nacht noch die Küche aufgeräumt?«

»Das muss Helen gewesen sein«, mutmaßte Matthias. »Sie ist jedenfalls erst sehr spät ins Zimmer gegangen.«

»Woher willst du das denn wissen … du hättest schlafen müssen wie ein Stein!«

»So wie du, mein Schatz?« Er grinste. »Helens Zimmertür klemmt ein bisschen. Und da sie das Zimmer gegenüber hat, habe ich es mitbekommen. Es war lauter als dein Schnarchen.«

Maxie schlug im Spaß mit dem Kochlöffel nach ihm. »Ich schnarche gar nicht!«

In diesem Moment platzte Luis in die Küche, schleuderte Jacke und Mütze in die Ecke und griff nach der Kuhglocke. »Morgen! Kann ich schon wecken gehen, Mama? Ich könnt ein Wildschwein verdrücken! Schmeiß bloß genug Würstchen in die Pfanne, Papa. Und außerdem muss ich gleich wieder nach Hause! Hallo, Margarethe!«

»Morgen, Luis! Wie schade, dass du nicht bleiben kannst!«, meinte Ollis Mutter bedauernd, woraufhin er gleich eine gut geübte Leidensmiene aufsetzte.

»Ja, Schulkram, weißte?«, gab er vage zurück und bemerkte, wie seine Mutter ausatmete. Sie hatten abgesprochen, dass besser niemand von Einstein Wind bekommen sollte. Dann würde sich auch niemand verplappern.

Dann verdrückte sich Luis mit schadenfrohem Grinsen und voller gemeiner Erwartung, um seine schlummernde Verwandtschaft brutal aus den Betten zu läuten; ein Job, der immer dem jüngsten männlichen Familienmitglied vorbehalten war. Und Luis nahm seine Aufgabe seit Jahren sehr ernst.

Matthias rührte derweil Eier, die dem Tagespensum eines ganzen Hühnerhofs entsprachen, mit der Gabel auf. »So, jetzt bin ich ja mal gespannt, wann unsere Starkonditorin uns ihren Gast vorstellen möchte!«

»Es ist Lukas von Ackeren«, riet Maxie.

»Glaubst du oder weißt du das?«

Sie klärten Ollis Mutter kurz auf, über wen sie sprachen.

»Dieser Mensch vom Königshaus kann es jedenfalls nicht sein, der würde ja nicht über Weihnachten bei uns bleiben. Es sei denn, er hat Urlaub … aber, nee.« Maxie winkte ab.

Matthias kratzte sich am Kinn. »Einen Koch können wir in der Familie gar nicht brauchen, wir haben doch schon Erik. Kennt sie denn keinen Heizungsinstallateur? Unsere Heizung muss bald erneuert werden …«

Ollis Mutter war ernsthaft entsetzt »Also, Matthias!«

»Schatz, das war echt daneben.«

Helen verspätete sich – gewollt oder nicht – zum Frühstück und nahm die Vorstellung des quasi neuen Familienmitglieds ganz unbürokratisch vor.

»Familie?« Mit schmalen Augen und unordentlich zusammengestecktem Haar blickte sie die lange Tafel entlang.

Sie wusste um die Wichtigkeit dieses Moments. Hier wurden nur sichere Optionen gehandelt. Tagesgeschäfte – sagen wir mal – wurden keinesfalls mit zur Weihnachtsfeier gebracht.

»Darf ich euch Paul vorstellen? Paul«, sie wandte sich an ihren Freund, »das ist meine Familie. Bevor sie gefrühstückt haben, sind sie noch ganz still. Das könnte daran liegen, dass sie gestern die Bar leergetrunken haben.«

»Hört, hört!«, rief Jacques. »Helen war selbst auch dabei! Sie steht auf Gin Tonic!«

»Das weiß Paul schon! Er ist fünfunddreißig, unverheiratet, kommt aus Köln, mag Donauwellen und spielt Fußball, und wenn er nichts anderes zu tun hat, führt er ein kleines Brauhaus im Belgischen Viertel in Köln. Sorry, Paul, dass ich da jetzt so durchhetze«, wandte sie sich an ihn und drückte seine Hand; ihren begeisterten Eltern und den Schwestern zwinkerte sie verschwörerisch zu.

»Ich sage euch das alles, damit ihr ihn nicht wie üblich eurer fiesen Inquisition unterzieht, sondern uns erst mal frühstücken lasst.«

»Einen Wirt haben wir noch nicht, setz dich ruhig!«, rief Olli.

»Kannst du auch Heizungen?!«

»Matthias!!!«

Maxie nippte an ihrem Tee. Die Dämmerung hatte gefühlt schon gegen Mittag eingesetzt, ein typischer Dezembertag. Luis spielte mit Helens jüngeren Schwestern Karten und verschwand dann wieder spurlos. Sie wusste, es war wieder Zeit für Einsteins Pipipause. Luis kümmerte sich wirklich vorbildlich um den Welpen!

Doch dass Luis nicht präsent war, fiel nun auch Olli auf.

»Was heckt dein Sohn wieder aus?« Misstrauisch suchte er den Raum ab, doch Maxie ließ gar nicht erst Zweifel aufkommen.

»Er schreibt Referate, damit er seine Halbjahresnoten aufbessern kann. Du weißt, er will Schreiner werden, genau wie du. Du wirst doch niemanden einstellen wollen, der zweimal sitzen geblieben ist!«

»Was denn, er ist schon *zweimal* sitzen geblieben?«

»Noch nicht!« Bedeutungsvoll hob Maxie die Augenbrauen und hoffte, dass es auch gar nicht dazu kommen würde. »Einmal reicht ja eigentlich auch.«

Die Zeit verstrich langsam, behaglich und sehr beschaulich. Einige Familienmitglieder gingen wandern und kamen mit eisigen Knien und roten Wangen nach zwei Stunden zur Burg zurück. Die Sauna lief auf Hochtouren, die Lobby mit dem großen Kamin wurde wie immer zum Wohnzimmer der Familie.

Paul bot Maxie an, bei der Zubereitung des Abendessens zu helfen, das war so nett! Aber auch überflüssig; sie erklärte es ihm:

»Wir werden morgen, an Heiligabend, das beste und üppigste Abendessen bekommen, was du dir vorstellen kannst, Paul. Du wirst platzen, ganz bestimmt! Heute gibt es dafür nur Sandwiches, und die werden immer von

Jacques und Matthias zubereitet. Glaub mir, die wollen dabei niemand anders in der Küche haben, selbst mich nicht! Ruh dich ruhig aus, du siehst ziemlich müde aus!«

Der letzte Tag in Pauls Lokal, das anschließende Aufräumen, die Fahrt durch die Nacht bis zur Burg und die Wanderung durch die eiskalte Luft mit den tausend Fragen, die an ihn gerichtet wurden, forderten ihren Tribut und Paul schlummerte langsam ein in seinem großen Sessel neben Helen.

Nicht als Einziger, denn auch Ida übermannte die Müdigkeit.

Olli stand am Treppenabsatz im ersten Stock, stützte seine Unterarme auf dem Treppengeländer ab und sah hinunter in die Lobby. Seinem Gesicht war keine Regung anzusehen, doch Maxie fand, dass er etwas verloren dreinblickte.

So nahm sie ein paar Stücke Schokolade aus der großen Schale auf dem Rezeptionstresen und ging zu ihm hinauf. Im Vorbeigehen streifte sie mit dem Finger etwas Staub vom Porträtrahmen und stellte fest, dass der Kaminduft hier im ersten Stock noch viel angenehmer war.

Oben angekommen stellte sie sich neben Olli und bot ihm wortlos von der Schokolade an. Er nahm zwei Stücke, wickelte eines bedächtig aus und drückte ihr das Papier wieder in die Hand. Kopfschüttelnd steckte sie es in die Tasche ihrer Jeans und lehnte sich dann ebenfalls ans Geländer. Unter ihnen bot sich ein überaus friedliches Bild.

»Perfekt«, meinte sie. »Ich kann mir meine Weihnachtsferien gar nicht mehr anders vorstellen! Da hast du eine schöne Familientradition begründet.«

»Ja«, gab er einsilbig von sich.

»Du scheinst kein bisschen von deiner Nervosität abgelegt zu haben.«

»Schwieriges Thema, lass uns über was anderes sprechen.« Er packte ein weiteres Schokoladenstück aus und steckte es sich in den Mund. Wie zuvor gab er Maxie das leere Papierchen. »Ich bin übrigens froh, dass ich Anneli eingeladen habe. Sieh mal, wie gut sie sich amüsiert!«

Maxie hatte sie auch vorhin schon tief im Gespräch mit Helen entdeckt. Jetzt gerade stand sie mit Ollis Mutter am Fenster. Sie schienen sich sehr gut zu verstehen.

»Ich mag sie auch sehr«, gab Maxie zu. »Von mir aus kann sie gern nächstes Jahr wiederkommen. Sie passt sehr gut zu uns!«

Ausgerechnet Jacques fand sie dort auf der Empore, stellte sich dicht neben Olli, sodass sie sich berührten. Maxie zog sich leise zurück.

»Ein gutes Jahr?«, hörte sie Jacques fragen. Sie sah über die Schulter.

Olli zog einen Mundwinkel hoch. »Am Ende glaube ich schon. Es hätte etwas ruhiger sein können, meinst du nicht?«

Jacques' Hand fuhr über das Schulterblatt seines Mannes. »Ruhig ist kein Adjektiv, das mir in Verbindung mit dir einfallen würde.«

Jacques drückte seinen Arm und verschwand im langen Flur, in dem sich ihr Zimmer befand. Und Olli suchte mit unruhigen Augen nach Maxie, die wieder zu ihm zurückkehrte.

»Vielleicht muss ich mich einfach neu erfinden«, meinte er mehr zu sich selbst.

»Bitte nicht!« Maxie fühlte mit ihm. Sie sah, wie er litt, und konnte kaum glauben, dass er auf einmal an Jacques' Zuneigung zweifelte.

»Ändere dich bitte nicht zu sehr. Über wen soll ich mich denn sonst aufregen?«, meinte sie scherzend. »Und auch wenn ich dich in Gedanken täglich dreimal abmurkse und vierteile; es reicht vollkommen aus, wenn du ein paar kleine Schritte auf andere zumachst. Du brauchst keine Radikalkur.« Sie stupste ihn in die Seite. »Komm, liebster Olli, wir gehen jetzt runter zu den anderen!«

»Wo hast du denn das *liebster* hergeholt?!?«

»Aus der Tiefe meines Herzens. Komm jetzt bitte mit mir und lenke dich ab!«

»Ja.« Er gab sich einen Ruck. »Ich werde mal eine Runde drehen!«

Olli drehte nicht nur eine Runde, sondern badete förmlich in der Anwesenheit seiner Verwandten und Freunde. Und schon nach kurzer Zeit hatte Maxie sogar den Eindruck, dass er weniger nervös war. Er lachte, hatte Zeit für jeden, war weniger Platzhirsch und Chef und dafür mehr – viel mehr – Freund, Sohn, Onkel und Partner.

Auch sie selbst drehte eine Runde, vermied es aber tunlichst, Olli oder Jacques noch einmal vor die Füße zu laufen. Vor jedem von beiden hatten sie Geheimnisse zu wahren und in der allgemeinen entspannten Atmosphäre fürchtete sie, sich zu verplappern. Außerdem war sie die Einzige, die noch Aufgaben zu erfüllen hatte. Also …

am besten noch einmal kurz ins Büro, und es konnte sicher nicht schaden, wenn sie dabei ein Cocktailglas in der Hand hielt. Sie musste ja noch nicht daran trinken, aber es würde ihr *zumindest* ein weihnachtliches Gefühl geben!

So führte sie ihr Weg zielstrebig zur Bar.

Noch tief in Überlegungen versunken, was sie sich mixen sollte, umfassten sie von hinten zwei Arme wie ein Kescher. Die Umarmung wurde fester und das Zittern des Brustkorbs, das entstand, als ihr Mann ein tiefes, zufriedenes Brummen von sich gab, übertrug sich sofort auf ihren Körper und setzte so einige hormonelle Vorgänge in Gang.

»Na, mein Weihnachtsengel, läuft alles nach Plan?«, neckte er sie.

Sie lehnte sich an ihn und entschied, auf die Kalorien eines Drinks zu verzichten. Heute Nacht mit ihm im Zimmer würde sie sicher dankbar dafür sein. Ihr Hemd fiel ihr nicht mehr ganz so locker über die Hüften, wie es das noch vor der Weihnachtszeit getan hatte.

Nicht, dass das Matthias etwas ausmachen würde!

Und so verbrannte sie lieber zwei, drei Kalorien beim Küssen, statt ihre Pölsterchen mit einem zugegeben leckeren, aber völlig verfrühten Cocktail unnötig aufzufüttern.

24. Dezember

Wider Erwarten hatte Olli gut geschlafen. Zwischendurch war er nur ein einziges Mal aufgewacht, so um vier. Jacques' gleichmäßige Atemzüge, das ansonsten ruhige Zimmer und die Gewissheit, dass alles, was man nach menschenmöglichem Ermessen organisieren konnte, getan war, ließen ihn bald wieder einschlummern.

Beim Frühstück beschlich ihn dann das Gefühl, dass seine gesamte Verwandtschaft ihm über ihre Kaffeetassen hinweg verschwörerisch zulächelte. Es würde Jacques auffallen! Sie mussten damit aufhören!

Er aß nur, weil er etwas im Magen haben musste.

Die jungen Leute räumten ab, Erik verdrückte sich zusammen mit seiner Frau Marita und zwei anderen Helfern in die Küche, um ein paar Vorbereitungen fürs Dinner zu treffen.

In der Backstube zauberten Helen und Ida zwei fast identische mehrstöckige Torten und hörten ihre Weihnachtsplaylist rauf und runter. Die Kleinste in diesem Jahr, die sechsjährige Ella, befüllte Milchkännchen und Zuckerdosen und sang mit, so gut sie konnte.

Matthias hielt sich irgendwo draußen in der Kälte auf, holte dann seinen Sohn zu Hause ab und half ihm, Einstein ungesehen in die Burg zu schmuggeln.

Und Maxie schloss sich in ihrem Büro ein, da sie Ruhe brauchte, um ihre Liste nun wirklich zum allerletzten Mal durchzugehen. Dabei hoffte sie inständig, dass die Dinge am heutigen Tag zufallsgleich ineinandergreifen würden, ganz so wie sie es geplant hatten.

Um zwölf war dann Zeit für alle, sich zum Fest umzuziehen. Heiligabend in der Burg war normalerweise ein familiärer Anlass ohne bestimmte Kleiderordnung.

Dieses Mal war es jedoch etwas Besonderes: Eine Hochzeit stand an, und für den Einzigen, der nichts davon wusste, waren schon letzte Woche zwei neue Anzüge – inklusive passender Hemden – heimlich von Köln in die Burg geliefert worden. Wie schön, dass Jacques sich immer beim gleichen Herrenausstatter einkleidete! Der wusste zumindest die Konfektionsgrößen und kannte auch ziemlich zielsicher Jacques' Geschmack.

Für neue Schuhe – wie von Maxie angeregt – hatte Olli jedoch keinen Anlass gesehen.

»Seine Schuhe sehen doch sowieso alle aus wie neu! Außerdem soll man ja etwas Altes anziehen.«

»Trägst du denn auch etwas Altes?«

»Unterwäsche habe ich mir jetzt nicht brandneu gekauft.«

»Igitt!« Maxie hatte die Nase gerümpft und war nicht weiter ins Detail gegangen.

Die Idee, die Hochzeitsfeier zu wiederholen, fand nicht nur Maxie hochromantisch, sondern die ganze Familie und die engsten Freunde, die ebenfalls eingeladen waren, hatten ausnahmslos begeistert reagiert.

Und auch wenn es in jeder Familie Paare gab, die man bei Feiern lieber gehen als kommen sah, so gehörten gerade Olli und Jacques nicht dazu. Olli war ein Alphatier, manchmal ein bisschen zu polterig. Jacques glich es durch seine freundliche Art aus; Olli war gefragt, wenn Dinge bewegt werden mussten, der penible Jacques war der Mann fürs Feine, für die emotionale Seite. Wie sehr gönnte jeder der Anwesenden den beiden, die schlimmen Erinnerungen an ihren Hochzeitstag auszuradieren und durch neue, schönere zu ersetzen.

Ein feierlicherer Anlass war wohl kaum denkbar, und darum waren heute Anzug und Abendkleid absolute Pflicht und Ehrensache!

Und während schon um kurz vor zwölf Helens Schwestern die Schminkkoffer öffneten, schlief zwei Zimmer weiter der einzige männliche Teenager – der nun auch endlich sein Zimmer hatte beziehen dürfen – auf dem bequemen großen Bett ein, Einstein friedlich zusammengerollt neben sich.

Im ersten Stock legte Anneli eine goldene Kette an, die ihr Mann ihr zu ihrem letzten gemeinsamen Weihnachtsfest geschenkt hatte. *Frohe Weihnachten*, wünschte sie ihm in Gedanken. Sein Foto im silbernen Bilderrahmen begleitete sie auf all ihren Reisen.

Und in der großen Suite im zweiten Stock fingen plötzlich Ollis Hände zu zittern an.

Er zog die Socken über die Füße, stieg in die Anzughose und schlüpfte in das schneeweiße Hemd, dessen Manschettenknöpfe er kaum schließen konnte.

Sein Puls ließ den Kragen zu eng erscheinen, also öffnete er den obersten Hemdknopf wieder, um sich die neuen Schuhe binden zu können und hörte seinen Magen brummen. Hätte er doch nur etwas Richtiges gegessen!

12:20 Uhr.

Was, wenn Jacques Nein sagte …?

Er schielte zur halb geöffneten Badtür. Jacques duschte immer viel zu lange. Konnte er sich nicht wenigstens heute etwas beeilen? Wie würde er reagieren? Und was war mit den mysteriösen Telefonaten in den letzten Tagen, die er nicht hatte mitbekommen dürfen?

Dem immer so selbstsicheren Schreiner jagten beunruhigende Gedanken durch den Kopf.

Ruhe, Olli!, mahnte er sich selbst und strich bestimmt zum vierten Mal die Hosenbeine glatt. Dann brachte er sich in Position.

12:40 Uhr.

Er musste wenigstens warten, bis Jacques sich angezogen hatte!

12:45 Uhr.

Jacques erschien endlich mit trockengerubbelten Haaren aus den Nebelschwaden des großzügigen Bads und brachte den frischen Duft des Duschgels mit ins Zimmer. Olli, von Haus aus kein geduldiger Mann, reichte ihm die Kleidung an wie ein Kammerdiener.

12:49 Uhr.

Bevor Jacques sich Ring und Uhr anziehen konnte, brach sich die schönste Liebeserklärung bahn, die der Grundschullehrer mit dem Sinn für gute Literatur jemals gehört hatte.

12:52 Uhr.
Jacques sagte Ja.
12:52 und dreißig Sekunden.
Olli heulte.

Wie üblich bei solchen Anlässen in der Burg standen alle Gäste am Fuß der breiten Treppe. Maxie war jedes Jahr bei zig Hochzeiten dabei und hatte über die Jahre eine kleine imaginäre Rangliste angelegt: Die teuersten Feste waren nicht immer die schönsten, die jüngsten Bräute nicht immer die hübschesten, auch die Anzahl der Hochzeitsgäste sagte nichts über die Qualität eines solchen Tages aus.

Was zählte, war die Kraft, die ein Paar ausstrahlte, echte Freude, Freundlichkeit, Harmonie.

Das alles spiegelte sich in den Menschen, mit denen sich ein Brautpaar umgab. Und so konnte Maxie schon am Empfang in der Lobby den Verlauf einer Feier ablesen.

Was sie hier und heute jedoch an Energie fühlen konnte, übertraf alles, was sie jemals miterlebt hatte!

Wie schick alle aussahen! Kleiderordnung für heute – wie auch vor fünf Jahren – war schwarz-weiß und Maxie war wieder einmal erstaunt, wie viele Variationen sich daraus ergaben. Besonders die großgewachsene Helen und ihre Schwestern funkelten in langen weißen Kleidern, das Haar trugen sie alle in der gleichen Frisur hochgesteckt.

Ida trug ebenfalls weiß, ihr in vielen Rottönen schimmernder Longbob war ausnahmsweise offen und bildete somit einen wunderschönen Kontrast zu ihrer fast porzellanfarbenen Haut. Maxie fand ihre Tochter besonders schön in diesem langen Kleid, sie sah älter und weiblicher aus, nicht mehr der *kleine Engel*, sondern erwachsen, selbstbewusst und authentisch. Ida spürte den Blick ihrer Mutter auf sich, legte fragend den Kopf schief und wandte sich beruhigt wieder ab, nachdem ihre Mutter das Wort *wunderschön* mit den Lippen geformt hatte.

»Zauberhaft«, meinte Matthias, der sich hinter sie stellte.

Maxie strahlte ihn an. »Ja, nicht wahr, sie ist so hübsch!«

»Ich meinte dich!« Seine Hand legte sich auf ihren Rücken.

Sie selbst hatte sich für ein schwarzes Kleid entschieden mit tiefem Ausschnitt. Sie fand, es stand ihr gut, was wohl auch Matthias so empfand. Das bewies ihr jedenfalls seine Hand, die sich fast permanent ein paar Zentimeter unterhalb ihres Steißbeins aufhielt.

»Du machst mich total verrückt!«, raunte er ihr zu.

»Nicht meine Absicht«, log sie.

»Du kannst nicht gut lügen.«

Sie hob ihm ihr Gesicht entgegen, er legte seine Lippen auf ihre und entließ sie erst nach ein paar intimen Sekunden. Maxie seufzte. »Ich weiß, aber wenn es mir bei jedem Versuch solch einen Kuss einbringt, bin ich zufrieden.«

»Dieses Kleid wird dir noch so viel mehr einbringen. Warte, bis wir im Zimmer sind.«

»Das wird aber noch lange dauern …«

Er schenkte ihr ein wissendes Lächeln. »Vorfreude ist die schönste Freude.«

Luis drehte sich herum. »Es ist ein bisschen eklig, so was von seinen Eltern zu hören.«

»Du sollst nicht lauschen«, neckte Maxie und pikste ihn mit dem Finger in die Seite seines Sakkos.

»Ich steh doch genau vor euch!« Er schüttelte den Kopf. »Ihr seid manchmal so peinlich!«

»Aber gut peinlich«, bestätigte Maxie und umarmte ihn.

In dem Moment, in dem Olli und Jacques am oberen Treppenabsatz auftauchten, Hand in Hand, entlud sich in der Lobby eine Welle von Liebe und Empathie, laut und wild wie bei einem schottischen Clantreffen! Und genau wie ein Clanoberhaupt stand Olli zwar mit rotgeränderten Augen, aber mit zurückgewonnenem Selbstvertrauen an der Brüstung und riss Jacques' Arm hoch, ihre beiden Hände miteinander verbunden wie ein fester Knoten. Auf dem Rezeptionstresen wippte die kleine Ella – gehalten von ihrer Mutter – auf und ab, der Applaus und die Hurrarufe wollten nicht verebben.

Maxie sah sich um und wollte diesen wunderbaren Moment immer und ewig in ihrer Erinnerung festhalten. Ganz besonders die Freude ihres Mannes, dessen Interesse für Maxies Rückseite einen Augenblick vergessen schien und der sich stattdessen für seinen Zwillingsbruder freute, als sei es seine eigene Hochzeit. Er lachte so wunderschön, so frei und so glücklich, und eine Freudenträne saß in seinem Augenwinkel. Maxie sah es und hatte plötzlich nur noch Augen für ihn.

Wie sie diesen Mann liebte!

Es gab Sekt, guten Winzersekt, und furchtbar leckere Canapés. Es gab tausend Umarmungen und reichlich Schulterklopfen. Der revitalisierte Olli war gelöst und lustig und Jacques war einfach hingerissen davon, dass die Familie dichtgehalten hatte, dass seine engsten Freunde hier waren und dass seine damals ausgedachten Hochzeitsplanungen nun ein zweites Mal umgesetzt wurden.

»Maxie, hast du Ollis Anzug gesehen?«, fragte er berauscht.

Sie nickte begeistert. »Ja, er steht ihm so gut!«

»So wie dir dein Kleid, sag mal, ist das Seide?«

»Wildseide.«

»Raffiniert! Wenn ich mein Bruder wäre …«

»Er tut schon sein Möglichstes, sei dir versichert!«

»Was mache ich?« Sie hatte seine Hand gespürt, bevor er sich zu Wort gemeldet hatte, und es verursachte angenehmste kleine Stromschläge an genau der richtigen Stelle.

Matthias ließ sie los und umarmte seinen Zwillingsbruder so fest, wie er konnte. »Herzlichen Glückwunsch, Bruder!«

Die Feuerschalen am Remisentor wurden angezündet, und das Geschehen verlagerte sich nun zügig ins schöne Außengebäude.

»Ich freue mich so auf eure Torte!« Olli stellte sein Glas auf Helens Tablett und rieb sich die Hände. »Die Canapés waren so schnell aufgegessen!«

Und so trugen Helen und Ida recht früh auf einem eigens für Hochzeitstorten angefertigten stabilen Tablett die schöne Torte vom Kühlraum der Konditorei in die

Remise hinüber, Ella öffnete ihnen sämtliche Türen. Als sie ankamen, hatten sich die Gäste noch immer nicht an die Tische gesetzt.

Ollis Gesicht leuchtete der Torte entgegen, als das Remisentor laut hinter seinen Nichten zugeschlagen wurde, mehrere schwarz gekleidete Männer mit Helmen, geschlossenen Visieren, Schutzwesten und Waffen den Eingang flankierten und die Torte in hohem Bogen vom Tablett flog. Unter den entsetzten Ausrufen der Gäste platschte das Meisterwerk auf den Dielenboden in eine Lücke zwischen den Hochzeitsgästen, die wie durch ein Wunder verhinderte, dass Sahne oder Schokospritzer auf deren erlesene Garderobe gelangte.

»SEK! Hände hoch! Und keine Bewegung!«, brüllten die Beamten.

Mit angehaltenem Atem hoben sich alle Hände.

»Auch der Dicke da!«

Olli war viel zu entsetzt, um sich über die Beleidigung aufzuregen.

Die SEK-Beamten bewegten sich mit vorgehaltenen Waffen langsam in einen Halbkreis, von dem aus sie die Gäste in Schach halten konnten.

Maxie sah sich suchend um, fand Ida und Luis nicht weit von ihr und schob sich langsam zu ihnen herüber.

»Keine Bewegung! Sie da, mit dem JLO-Hintern. STEHEN BLEIBEN!«

»JLO-Hintern! Entschuldigen Sie mal!«, empörte sie sich und hob ihre Hände so weit, wie ihr tiefer Ausschnitt es ohne Verrutschen zuließ.

Was der Mann sich herausnahm! SEK hin oder her!

Sie funkelte ihn an und er starrte grinsend zurück.

»Wer ist hier der Chef?«, verlangte er laut und mit rauer Stimme zu wissen.

»Das bin ich.« Olli senkte die Hände ein wenig, dann dämmerte Erkenntnis und er nahm die Arme ganz herunter und klatschte in die Hände. »Maxie, sind das etwa Stripper?!«

»HÄNDE HINTER DEN KOPF!«, donnerte der SEK-Beamte laut genug unter seinem Visier hervor, sodass Olli strammstand. »Sie können sich Ihren Stripper bestellen, wenn Sie aus dem Knast rauskommen. Wir sind hier, um die Geiselnahme der Industriellenwitwe Anneli Jahnke zu beenden.«

»Ich habe sie gefunden!«, rief ein anderer Beamter, der etwas näher herangekommen war. »Frau Jahnke, kommen Sie jetzt langsam zu mir herüber. Sie sind jetzt in Sicherheit!«

»Ich komme gern zu Ihnen, junger Mann, aber ich möchte …«

Olli mischte sich ein. »Anneli, geh bitte einfach rüber, wir klären das später auf. Das ist ja eine Katastrophe!« Er hatte einige Mühe, ruhig zu bleiben. »Hören Sie, ich bin mir sicher, wir können das aufklären. Mein Name ist Kirschbaum, Oliver Kirschbaum.«

»SCHNAUZE!!!«

»Junger Mann, das ist der Bräutigam«, klärte Anneli den Beamten fassungslos auf. »Er hat diese Behandlung nicht verdient!«

»Anneli, ist schon gut, tu einfach, was sie sagen.« Olli schwitzte in seinem schönen Anzug. Maxie biss sich auf die Unterlippe. Im Augenwinkel sah sie, wie die kleine Ella im hinteren Teil der Remise die Willkommensgeschenke von den Tellern stahl. Die Pralinen waren mit Alkohol gefüllt, das konnte nicht gut ausgehen!

»So?!«, setzte der leitende SEK-Beamte seine Unterhaltung mit Anneli fort, die mit Sicherheit nur dazu dienen sollte, die Atmosphäre im Raum zu entkrampfen. »Was denken Sie denn, hat er verdient? Hier herüber, kommen Sie, kommen Sie …«

Anneli tappte vorsichtig um die bedauerlichen Reste der verunglückten Hochzeitstorte herum und schlug einen erstaunlich leichten Ton an.

»Nun, wenn Sie seine Familie fragen, dann sind Sie sicher der Meinung, dass er einen kleinen Denkzettel verdient hätte. Man hört, dass er etwas aufbrausend ist.«

»Anneli, du machst es nur schlimmer, geh einfach mit den Männern mit!« Ollis Ton war nun gefasster. Er zeigte nun doch Nerven in dieser schwierigen Situation.

»Du würdest mich diesen Halunken einfach so ausliefern, Olli?« Sie wandte sich an den Sprecher des SEK. »Junger Mann, Ihre Schuhe scheinen mir ungeputzt. Und Ihre Weste erinnert mich doch sehr an die Reitweste meines verstorbenen Mannes.«

Und jetzt sah es Olli auch endlich. Die Westen der vier Beamten waren nicht annähernd dick genug, um als Kugelschutz zu dienen. Die Helme waren zwar alle schwarz, jedoch unterschiedlich in der Ausführung und einer der Beamten trug Lackschuhe.

Die Verbindung zwischen Sehnerv und Gehirn schien jedoch noch vom Schock des Überfalls blockiert und so fiel ihm zu diesem Zeitpunkt noch nicht auf, dass seine zerdepperte Hochzeitstorte einen Styroporkern hatte.

Ollis Hände lösten sich daher nur im Zeitlupentempo aus der unbequemen Haltung hinter dem Kopf, während alle anderen bereits eine entspanntere Haltung eingenommen hatten.

Schüsse platzten aus den Waffen der Beamten …

Die Visiere öffneten sich …

Matthias, Pelle, Stijn und Paul zogen lachend die Helme vom Kopf, Fotos wurden geschossen und die Hochzeitsgesellschaft tobte.

»Oh, ihr verflixten Idioten!«, hauchte Olli kraftlos. »Ihr habt es alle gewusst, habt ihr?«

Er hielt sich entkräftet an Jacques fest, der so gerne ausufernd gelacht hätte, es aber für diesen Moment zumindest wichtiger fand, nun für seinen Mann die (einzige) Stütze zu sein.

Maxie versetzte Matthias einen ziemlich festen Schlag auf den Oberarm. »JLO-Hintern?! Glaub ich's noch?!«

Er umfasste sie, bog sie nach hinten und ergaunerte sich einen Kuss. »Was wahr ist, muss wahr bleiben! Sag mal, stehst du eigentlich auf Uniformen?«

25. Dezember

Ihr Seidenhemd hatte sich in der Nacht wie ein Schlauch um ihren Bauch gedreht. Sie lag nun seit einer ganzen Stunde wach, lauschte Matthias' gleichmäßigem Atem und fühlte seine Hand von ihrer Hüfte gleiten.

Es hatte etwas gedauert, bis sich der Weihnachtsfriede auch bei ihr eingestellt hatte, zu viel war zu organisieren gewesen. Sie genoss es nun einfach, hier neben ihrem Mann zu liegen, in diesem wunderschönen Zimmer mit der dunklen Wandvertäfelung und dem großen Gesteck aus duftenden Kiefern über dem Kopfende des Bettes.

Was war das für eine romantische Hochzeit gewesen! Sie hatten so viel Spaß gehabt!

Und nun lagen noch ein paar lange, faule und schöne Urlaubstage vor ihnen. Zeit genug, sich so richtig auszuruhen, befand Maxie und beschloss, da sie ohnehin noch nicht einschlafen konnte, sich einen Tee in der Küche zu kochen und vielleicht noch ein bisschen aufzuräumen. Dann mussten die anderen es morgen früh nicht tun.

Es war stockduster im Zimmer, aber wer, wenn nicht sie, kannte die Einrichtung in- und auswendig? Also schob sie die Bettdecke leise zur Seite, spürte augenblicklich die nächtliche Kühle, angelte nach dem Hotelbademantel und zog ihn über ihr Seidenhemd. So leise wie möglich öffnete sie die oberste Schublade der Kommode und erwischte ein Paar dicke Socken, setzte sich auf die Bettkante und zog sie über.

Es waren Matthias' Norweger. Egal, sie waren ordentlich warm und ließen sich – dank der Größe – sogar bis über ihre Knie ziehen.

Als sie auf Socken die Burgküche erreichte, war sie nicht wenig erstaunt, dort auf Ida zu treffen; in einem Häschenpyjama und ebenfalls mit dicken, handgestrickten Socken. Maxie ging um den Arbeitstisch herum, nahm Ida in die Arme und küsste sie auf die Stirn.

»Warum bist du hier unten in der Küche, Engelchen? Guten Morgen und frohe Weihnachten!«

»Dir auch frohe Weihnachten, Mami.« Ida drückte sich an ihre Mutter, dann löste sie sich und fuhr fort, die Sektgläser mit einem weichen Tuch zu polieren. Der Anzahl der fertigen Gläser nach zu urteilen war sie bereits eine Weile hier unten. Im Hintergrund sang George Michael mit Glöckchengebimmel von seinen letzten Weihnachten. Die Beleuchtung war nur zur Hälfte eingeschaltet und tauchte die Küche in ein gemütliches Licht.

»Ich musste nachdenken«, erklärte Ida ihr. »Und du so?«

»Ich möchte einen Tee trinken. Worüber denkst du denn mitten in der Nacht nach?«

Ida polierte auffallend gründlich am vorletzten Glas herum.

»Mama, Paul hat mich gefragt, ob Helen nicht die Wohnung tauschen könne, soll heißen: Pelle zieht bei ihm aus und bei mir wieder ein, und Helen zieht dafür bei Paul ein.«

Maxie warf einen Blick in den Wasserkocher, fand den Kalkgehalt auf den Heizstäben für ihren nächtlichen Tee gerade noch akzeptabel und stellte das Wasser an.

»Sieh nicht so kritisch in den Wasserkocher, das Hotel hat Ferien!«, rügte ihre Tochter sie. »Es ist noch okay. Man muss sie wirklich jeden Tag entkalken, wenn sie so viel benutzt werden. Was meinst du?«

Ida stellte das letzte Glas auf den Tisch und hängte sich das Handtuch über die Schulter. »Ich meine, dass du einen Schluck Essig reingeben könntest, wenn es dich stört.«

»Zu Pelle, nicht zum Wasserkocher natürlich.«

»Ach so!« Idas besockte Füße erschienen auf der Tischplatte. »Das ist eine schwierige Frage. Pelle hier jeden Tag zu sehen, das ist nicht ganz einfach für mich. Aber er hat ein dämliches Fußballspiel meinem Geburtstag vorgezogen, und das ist so respektlos und so lieblos, dass ich ihn in einer Kurzschlussreaktion rausgeschmissen hatte, bevor Helen aus Dubai zurückkam. Und wenn ich es recht bedenke, dann stehe ich immer noch dazu.«

»Du auch einen Tee?«

Ida nickte.

»Spatz, ich mag deinen Pelle wirklich sehr. Vor allem, seit er praktisch bei uns wohnt. Kannst du ihm nicht noch eine Chance geben? Es ist ja nicht so, als ob er dich betrogen hätte. Ich finde tatsächlich, ihr würdet gut zusammenpassen!«

»Och, Mami, bitte nicht wieder kuppeln ... gibst du mir die Weingläser rüber?«

Maxie tat wie geheißen und räumte gleichzeitig die

polierten Sektgläser in den Schrank. Plötzlich stand Helen in der Tür, ebenfalls mit Hotelbademantel, darunter ihr Abendkleid. »Was macht ihr denn hier?!?«, gähnte sie.

»Frohe Weihnachten!« antworteten Mutter und Tochter wie aus einem Mund und grinsten, denn ganz offensichtlich hatte Helen das Kleid im dunklen Zimmer aufgelesen und übergezogen. Sie trug es auf links, der Reißverschluss musste offen sein, denn das Bustier schlackerte ihr um die Brust. Helen zog den Bademantel fester um sich und verknotete die Bändel. »Paul sägt da oben den Baumbestand von ganz Europa ab.«

»Hattest du bisher keine Gelegenheit, das festzustellen?«, frage Ida scheinheilig.

»Doch. Normalerweise beruhigt es mich, aber heute Nacht muss ich über so vieles nachdenken. Sagt mal, habt ihr nix anderes als nur Tee?« Sie kramte im Kühlschrank und beförderte eine Flasche Winzersekt zutage.

»Aber nicht im Sektglas!«, protestierte Ida. »Die sind gerade poliert.«

»Kein Problem, ich nehm auch 'ne Tasse«, antwortete Helen.

»Ich auch«, schloss sich Maxie an.

Und auch Ida leerte ihren Tee und schob die leere Tasse über den Tisch. »Na gut, weil ihr es seid. Soll ich öffnen?«

Helen reichte ihr die Flasche rüber und Ida ließ den Korken an die Decke knallen. Ein kleiner Fleck blieb zurück.

»Dann schieß mal los, Helen, über was musst *du* denn so nachdenken?«

Helen beförderte von irgendwoher ein paar Teelichter, legte sie in Dessertschälchen und zündete sie an. »Ich habe mit Anneli gesprochen beziehungsweise sie mit mir«, erklärte sie.

Maxie nahm ihre Tasse, halbvoll mit dem perlenden Sekt, entgegen. »Hab ich gesehen, ihr habt euch ganz schön lange unterhalten!«

»Sie hat mir ihr Bootshaus angeboten. Ob ich nicht ein Café dort eröffnen möchte, hat sie mich gefragt. *Darüber* musste ich die ganze Nacht nachdenken.«

»Wow! Das ist ja super! Mach das bloß! Was für eine Chance für dich!« Maxie schob ungefähr zum zehnten Mal ihre Locken aus dem Gesicht.

»Moment mal.« Ida erhob sich schwerfällig, zog einen Kochlöffel aus einem Behälter, drehte die Haare ihrer Mutter zu einem Dutt und schob den Holzstiel als Befestigung ins Haar. Der lange Löffel schwebte über Maxies Kopf wie der Rotor eines Hubschraubers.

»Das ist total unhygienisch!« Helen verzog das Gesicht.

»Der wird morgen bei einer Million Grad in der Maschine gespült, also stell dich nicht an. Ich will mehr hören: Ein Café in einem Bootshaus, das bedeutet, es liegt direkt am Rheinufer! Ich hoffe, du hast zugesagt?!«

»Ida, ich müsste dich dann hier alleinlassen, ich muss dann ganz klein anfangen und so sehr ich dich gern beschäftigen würde, ich könnte dir kein Gehalt zahlen!«

»TU ES! Lass mich zurück! Du kannst kein eigenes Café ausschlagen! Bist du denn des Wahnsinns?« Ida tippte sich mit dem Zeigefinger an die Stirn.

»Meint ihr? Sie bietet mir ihr Team an zur Unterstützung in Steuersachen und so, davon habe ich doch gar keine Ahnung!«

»Oh Gott, Kind, das Christkind serviert dir hier eine wunderbare Zukunft! Meine Güte, Anneli hat wirklich der Himmel zu uns geschickt! Was ist das aber auch für eine nette Person!« Maxie hielt es nicht auf dem Stuhl. Sie rotierte um den Tisch mit den beiden jungen Frauen herum und konnte kaum fassen, wie sich ihr eigenes Glück auf Helen übertrug. »Das ist vielleicht ein Weihnachten! Das ist ja unfassbar! Du bekommst ein eigenes Café?!«

»Wie wirst du es nennen?«, fragte Ida interessiert.

»Woher soll ich das wissen, ich weiß ja noch nicht mal, ob ich das Angebot annehme!?« Helen schenkte sich Sekt nach. »Und du bist mir nicht böse, wenn ich dir die Burg allein überlasse, Ida?«

»Ich bin dir böse, wenn du es *nicht* tust!«

»Ach du meine Güte, ich habe ein Café!!!«

Sie fiel zuerst Ida und dann Maxie um den Hals. »Ich habe ein Café! Das ist so *weird!*«

»Oh Gott«, Ida verdrehte die Augen. »Sie verliert schon wieder die Kontrolle über ihre Sprache! Geh ins Bett, Helen!«

Helen sah auf die Armbanduhr, die sie nicht trug. »Ist doch viel zu früh! Hast du dir eigentlich überlegt, ob du Pelle wieder einziehen lässt?«

»Nachdem er mich so behandelt hat? Fußballplatz am Geburtstag, Helen?«, erinnerte sie ihre Cousine.

»Paul hat erzählt, er hatte eine Anzeige auf der Stadiontafel vorbereitet.«

Stille.

»Er wollte dir eine Liebeserklärung machen.«

Idas Augen wanderten zwischen Helen und ihrer Mutter hin und her. Maxies Rotor zitterte leicht.

»Na ja, unter diesen Umständen …« Maxie sah ihre Tochter zweifelnd an.

Die Pendeltür schlug aus und Einstein stürmte in die Küche, kläffte hell und zog Olli hinter sich her.

»Wie seht ihr denn aus!?!« Er selbst trug einen grünen Trainingsanzug und eine knallrote Wollmütze.

»Wie siehst du denn selber aus?!«, antwortete Maxie. »Komm rein und trink einen Sekt mit uns, Bräutigam!«

Sie hob Einstein vom Boden auf und streichelte sein weiches Fell. Der Welpe war schon wieder müde, kuschelte sich in ihren Armen zusammen und hatte die Augen binnen Sekunden geschlossen.

»Ein Hund in einer Hotelküche. Das ist total unhygienisch!«

»Oh, Helen, halt die Klappe!« Ida griff nach dem Flaschenhals und zog den Sekt auf ihre Tischhälfte. »Olli, nimm dir eine Tasse!«

Olli setzte sich zu ihnen. »Sagt mal, habt ihr denn gar nichts zum Essen da?«

»Im Kühlschrank stehen die Reste der Ente.«

Olli schüttelte den Kopf. »Mir ist nach was Süßem! Ist noch von der zweiten Torte übrig? Ich kann nicht fassen, dass ihr eine auf den Boden geschmissen habt!«

»Die war doch nicht echt, Onkel Olli!«, erinnerte Ida ihn. »Ich habe übrigens Waffelteig fürs Frühstück gemacht …«

Maxie riss die Augen auf. »Ida, seit wann bist du wach?«

»Ich war eigentlich gar nicht richtig im Bett.«

»Dann her damit! Auf Waffeln habe ich jetzt richtig Appetit!« Olli freute sich wie ein Schneekönig.

Maxie erklärte sich widerwillig bereit, den schlafenden Welpen an ihre Tochter zu übergeben – sie hatte jetzt wohl etwas Zuwendung nötig, die Arme – und stellte sich ans Waffeleisen.

»Der ist so weich!«, schwelgte Ida und streichelte das seidige Fell.

Olli sah Einstein ganz verliebt an. »Ja, nicht wahr, er ist einfach supersüß! Der macht uns zu einer richtigen Familie!«

Maxie grinste. Er war eindeutig noch unter Alkoholeinfluss.

Die ersten Waffeln wurden einträglich geteilt, bis genügend vorhanden waren, damit jeder eine eigene auf dem Teller hatte.

»Also du hast jetzt bald ein eigenes Café, sagst du?« Olli war im Eiltempo auf den neuesten Stand gebracht worden. »Und was ist mit dem Königshaus?«

Helen schüttelte den Kopf. »Das tut mir ein bisschen leid, aber nein.«

»Und die Fernsehshow, machst du die wenigstens?«

»Nein, natürlich nicht. Ich dachte, das hätte ich gleich zu Anfang klargestellt.«

»Es wäre eine tolle Marketingmöglichkeit für dein Café, lass dir das von deinem Onkel gesagt sein.«

Helen faltete ihre Waffel doppelt und biss ein Loch in die Mitte. »Es bleibt bei einem Nein. Ich weiß jetzt, was ich will. Ich will mein Café und Paul und sonst erst mal gar nichts.«

Olli schlug mit der flachen Hand auf den Tisch und schämte sich gleich darauf, weil der Krach Einstein aufweckte. Jedoch nur für kurze Zeit.

»Dein Paul hat bei dem SEK-Einsatz mitgemacht!«

Maxie musste lachen und verschluckte sich dabei. Waffelkrümelchen schossen ihr aus der Nase.

»Boah, Maxie, das ist so un...«

»Halt die Klappe, Helen!«, unterbrachen sie die drei anderen.

»Er ist für deinen Vater eingesprungen, Olli. Dein Vater hat nicht in die Reitweste gepasst! Erstaunlicherweise – nein, nicht erstaunlicherweise – hatten viele Lust, bei der Verlade mitzumachen!«

Olli nickte bedächtig, schürzte die Lippen und befand dann, dass er mit den anderen lachen konnte. Es war letztendlich, nachdem er sich von dem Schock erholt hatte, ein Spaß ganz nach seinem Geschmack gewesen.

Olli sah auf die Uhr. Es war vier Uhr morgens. »Wo wir so schön zusammensitzen ...«

Er nahm die allerletzte Waffel und zerteilte sie in vier gleich große Stücke. »Ich biete euch jetzt, nur weil Weihnachten ist, und nur weil ihr mir eine so schöne Hochzeit ausgerichtet habt und weil ich euch wirklich verdammt gern hab, den Waffenstillstand an.«

Er schob die Waffelteile in die Tischmitte.

Helen griff nach einem Stück. »Es ist eigentlich eher ein Waffel-Stillstand.«

»Und ein heiliger Waffel-Stillstand darf nicht gebrochen werden«, bestätigte Ida und angelte sich ebenfalls ein Stück.

Olli schob Maxie den Teller mit dem vorletzten Viertel hin und nahm sich selbst das letzte und hielt es hoch.

»Auf dass der Familienfriede ewig halte!«

»Amen«, intonierte Maxie.

Nach diesem Schwur und den letzten Tropfen Sekt überfiel sie bleierne Müdigkeit. Olli übernahm Einstein und löste die Küchenparty auf. Er verließ die Küche als Letzter, löschte das Licht und holte Maxie auf der Treppe ein.

»Wessen Idee war es eigentlich gewesen?«

»Hm?«

»Ich meine die Initialzündung für meinen Denkzettel«, fragte er leise, um Einstein nicht zu wecken.

Maxie kannte ihren Schwager gut genug und wusste instinktiv, sie sollte Helen besser in Schutz nehmen. »Ich glaube, die kam von mir!«

Olli legte ihr freundschaftlich den Arm um die Schulter.

»Das bekommst du wieder, das ist dir doch klar!«

Sie grinste ihn mit einer Kombination aus Müdigkeit und Zufriedenheit an. »Ich freu mich schon drauf, mein Freund!«

Er drückte sie fest. »Frohe Weihnachten, Maxie.«

»Frohe Weihnachten, liebster Olli!«

ENDE

Weihnachtswaffeln

Wenn es möglich sein sollte, verwendet bitte Bio-Zutaten, lässt Ida ausrichten. Alle Zutaten sollten natürlich zimmerwarm sein.

125 g   Butter
6   Eier
120 g   Rohrohrzucker
1 ungespritzte Orange (Schale abreiben, Orange auspressen)
¼ Liter   Sahne
200 g   Dinkelmehl
1 TL   Kakao
1 Prise   Zimt
1 Glas   Sekt für dich
Weihnachtsmusik …

Weihnachtsmusik auf eine vernünftige Lautstärke einstellen, damit sie die Küchenmaschine übertönt
Eier trennen, Eiweiß aufschlagen und zur Seite stellen
Butter und Eigelb schaumig schlagen
Zucker, Orangenschale und 1 EL Saft hinzufügen
Sahne, die Hälfte des Eischnees, Kakao, Zimt & Mehl einrühren
den restlichen Eischnee unterheben
Sekt genießen und die Waffeln im heißen Waffeleisen backen

Vielen lieben Dank!

Es war zugegeben ein bisschen schwierig, mitten im Sommer einen Weihnachtsroman zu schreiben; die letzten Zeilen sind in einem kleinen Häuschen in Schweden entstanden, in unserem Sommerurlaub im Juli, morgens um vier in der Küche. Bei Tee, und nein, ganz ohne Sekt.

Ich danke meiner Tochter Isabeau, die mir dadurch hilft, dass sie einfach unglaublich lustig und liebenswert ist, meine Computerprobleme löst und das schöne Coverfoto für dieses Weihnachtsbuch gestaltet hat.

Vielen Dank dem Team von TWENTYSIX, das meine Wünsche so gut umgesetzt hat, aber natürlich auch meinen Freundinnen, die sich als Testleserinnen zur Verfügung stellten: Alex Jonen, die sich die fast unlesbare Rohversion vornahm. Sabine Klein, die mir sehr freundlich, aber bestimmt meinen rheinischen Slang korrigierte und Margret Stockhausen, die mich mit unglaublicher Genauigkeit auf inhaltliche und orthografische Unstimmigkeiten aufmerksam machte, sodass ich selbst darüber lachen musste. Nicht zu vergessen, Danke an meine Mittagspausen-Runde, die sich immer – hoffentlich gern – nach dem Fortschritt des Buches erkundigte.

Lieben Dank auch dem Mann, den ich liebe, auch wenn er dieses Buch wahrscheinlich nie lesen wird, weil er viel lieber irgendetwas baut und seine wunderbaren Projekte in die Tat umsetzt.

Wenn ich nur einen einzigen Menschen zum Lachen gebracht habe, dann ist der Sinn dieser Geschichte mehr als erfüllt.

Ich wünsche allen eine gesegnete, friedliche und gemütliche Weihnacht!

Liebste Grüße,
Doris Manroth

Einen Schreiner kann man immer brauchen, sagte mein Vater oft und grinste.

Dieser Meinung war wohl auch der Himmel bei Veröffentlichung dieses kleinen Weihnachtsromans ...

In tiefer Liebe und Respekt für Ewald Wagner, Kaufmann und Schreiner